Not you

Dich will ich. Dich will ich nicht.

Ein Liebesroman von

Jessica Raven

1. Auflage 2019

Titelbild: unter Verwendung von Shutterstock.com
Umschlaggestaltung: Art for your Book by Sabrina Dahlenburg
Korrektorat: Snipsl Media GmbH

SNIPSL

ISBN: 9781707756742
Imprint: Independently published

Impressum: Jessica Raven,
Mühltalstrasse 11,
5123 Überackern

Kontakt: j.raven07@yahoo.com
www.facebook.com/authorJessicaRaven
www.instagram.com/j.raven_07

Sämtliche Figuren, Firmen und Ereignisse dieses Romans sind frei erfunden. Jede Ähnlichkeit mit echten Personen, lebend oder tot, ist rein zufällig und von der Autorin nicht beabsichtigt.

Das Schicksal hat für dich immer einen Plan.

Und manchmal wird dieser eben geändert.

Über das Buch

Saskia steckt in einer festen Beziehung mit dem gutaussehenden und zuvorkommenden Aron. Alles scheint perfekt.
Doch als Saskia nachts im Club auf den Womanizer Hero trifft, löst dieser ein Gefühlschaos in ihr aus, auf das sie nicht vorbereitet ist. Aus Angst, eine Dummheit zu begehen, flüchtet sie buchstäblich nach Hause, wo sie die nächste Überraschung erwartet: In ihrem Schlafzimmer findet sie Aron – splitternackt - zwischen den Beinen einer anderen Frau.
Mit gebrochenem Herzen zieht Saskia vorübergehend zu ihrem Bruder, der sie liebevoll bei sich aufnimmt. Doch bei ihm findet sie weder die benötigte Ruhe, noch kann Saskia einen klaren Gedanken fassen. Denn was sie bisher nicht wusste: Ihr Bruder hat seit Kurzem einen neuen Mitbewohner. Und sein Name ist Hero.

1. KAPITEL

Saskia

»Eine Cola bitte«, sage ich etwas lauter über die hämmernde Musik hinweg. Der Barkeeper mir gegenüber nickt mit einem freundlichen Lächeln und wendet mir Sekunden später den Rücken zu, um mir geschickt mein Getränk einzuschenken.

Bis ich meinen Durst stillen kann, lasse ich den Blick über die tanzende Menschenmenge gleiten. Meine Freundin Cayla ist irgendwo zwischen diesen ganzen zuckenden Körper.

Wir sind heute in den Club gegangen, um ihren Geburtstag zu feiern. »Hier, bitteschön«, werde ich an meine Bestellung erinnert. »Das macht drei Euro fünfzig«, schreit er mir entgegen. Ich krame in meiner kleinen Handtasche und suche meinen Geldbeutel. Gerade als ich meine Münzen zähle, werde ich unsanft von der Seite angerempelt.

»Hey! Pass doch auf, du Rüpel!«, brülle ich los, bevor ich meinen Kopf hebe. Mir bleibt der Mund offenstehen, als ich sehe, welches Prachtexemplar von einem Mann da plötzlich neben mir steht. »Oh, entschuldige Spargel, aber ich habe dich leider übersehen.« Ich hätte nicht gedacht, dass mein Mund noch weiter aufklappen kann, doch er tut es.

Wie hat mich der da eben genannt?!

Spargel!

Ich glaub, ich geb ihm gleich eine!

Mit meinem süßesten Lächeln bezahle ich die Cola und wende mich mit erhobenem Zeigefinger diesem Kerl zu. »Sag mal, bist du immer so unverschämt, oder habe ich heute einfach nur Glück, Arschloch?« Okay, ich gebe zu, dies ist nicht mein bester

Spruch, aber gerade fällt mir nichts Besseres ein.

Ein Zucken geht über sein Gesicht und es zeichnet sich für einen kurzen Moment ein Lächeln auf seinen unwiderstehlichen Lippen ab, bevor er dies mit einem Kopfschütteln wieder verschwinden lässt. »Entschuldige, ich … Vergessen wir das.« Er macht eine wegwerfende Handbewegung und für ihn scheint die Sache somit vom Tisch zu sein.

»Zwei Jacky Cola bitte«, bestellt er bei demselben Barkeeper wie ich zuvor. Sprachlos über diese nicht vorhandene Entschuldigung will ich mir mein Getränk schnappen und schnell das Weite suchen.

Auf so eine miese Gesellschaft habe ich echt keinen Bock. Ich wende ihm den Rücken zu und will den ersten Schritt machen, da packt mich eine kräftige Hand am Oberarm und hält mich abrupt fest. Fast wäre ich gestolpert und dabei habe ich etwas von der Cola auf mein neues Kleid verschüttet. Schnaubend wie ein Stier drehe ich mich um und hoffe, dass meine Augen ihn wissen lassen, dass ich ihn am liebsten erdolchen würde.

»Sorry, schon wieder. Aber hey! Hier! Ich habe dir einen Drink mitbestellt, so als Wiedergutmachung für meinen blöden Spruch.« Verächtlich blicke ich auf das Glas in seiner Hand und schüttle den Kopf. »Nicht nur, dass du ein Idiot bist, wie er im Buche steht, nein, du bist auch noch ein Fremder und von fremden Männern nehme ich keine Getränke an.«

»Hero.«

»Ja, so einer wäre mir jetzt gerade recht«, stimme ich ihm zu.

Er schüttelt den Kopf und blickt kurz nach unten, bevor er seine dunklen Augen wieder auf mich richtet. Sind sie grün? In diesem dämmrigen Licht kann man das sehr schlecht erkennen. »Nein, Schätzchen, mein Name ist Hero.« Warum klappt mir innerhalb nur weniger Minuten erneut die Kinnlade nach unten? »Oh«, kommt es vielversprechend von mir. Ich war echt schon mal besser.

»Jetzt bin ich kein Fremder mehr und kann mich bei dir mit einem Drink entschuldigen. Cheers?«, fragt er und prostet mir etwas unbeholfen zu. Ich blicke ihm fest in die Augen und versuche in sein Innerstes zu sehen, damit ich weiß, ob ich hier einem Verbrecher oder einfach nur einem Arsch gegenüberstehe. Man sagt ja immer, die Augen sind die Seele der Menschen.

Hero neigt ganz leicht seinen Kopf und ich mache es ihm nach.

»Saskia«, antworte ich nur und nehme ihm den Drink aus der Hand. Ein atemberaubendes Lächeln erscheint für einen kurzen Augenblick auf seinem Gesicht. Unsere Gläser klirren, als er mit mir anstößt. Wir nehmen beide einen kleinen Schluck und unterbrechen dabei unseren Blickkontakt kaum. Ich lecke mir einen Tropfen von den Lippen und kann beobachten, wie er meiner Zungenbewegung folgt.

Ein eigenartiges Kribbeln durchfährt meinen Körper. Dieses verräterische Dingsda - Namens Schmetterlingsgefühl - dürfte hier aber nicht anspringen, schließlich habe ich einen Freund!

»Ich bin vergeben«, kreische ich wie aus der Pistole geschossen. Heros Stirn legt sich in Falten, bevor er den Kopf nach hinten wirft und lauthals zu lachen beginnt. »Das freut mich ja für dich, aber ich wollte nur nett sein. Also, keine Panik, Kleines.« Würde man mir jetzt ein Eiswasser über den Kopf schütten, so wäre dies vermutlich noch warm, im Gegensatz zu der Kälte, die mich gerade in meinem Inneren erfasst.

Unfähig etwas Vernünftiges zu sagen, nehme ich einfach einen großen Schluck von meinem Drink. Unglücklicherweise verschlucke ich mich daran und muss so kräftig husten, dass mir fast wieder alles hochkommt.

Wie immer bin ich sehr galant gegenüber heißen Männern.

Jetzt wäre ein guter Zeitpunkt für ein Erdbeben oder so. Leider wird mich das Glück hier im Stich lassen. In Greenville hat es sowas noch nie gegeben.

»Wenn ich geahnt hätte, wie ungeschickt du mit solchen Mischgetränken bist, hätte ich dir eine neue Cola bestellt.«

»Ich bin trinkfest!« Warum gebe ich so viel Müll von mir? »Ach, wirklich?« Hero war gerade dabei zu gehen und ich habe in meiner Panik wieder mal das erst beste gesagt, was mir einfiel. »Ja, klar doch. Ich bin oft mit Jungs unterwegs, da muss man schon mithalten können.« Er glaubt mir kein Wort, das kann ich an der hochgezogenen Augenbraue in seinem Gesicht erkennen. »Mit wem bist du hier?«

»Mit meiner Freundin Cayla«, antworte ich wahrheitsgemäß. Er verkneift sich ein Lachen und ich erkenne, dass dies eine Fangfrage von ihm war. »Mein Freund ist heute zuhause geblieben, Mädelsabend.«

Hero nickt verständnisvoll. »Wir machen einen drauf.«

»Na dann, zwei Kurze und zwei frische Jacky Cola!«, schreit er über die Theke. Mir wird etwas flau im Magen, doch kneifen will ich jetzt auf keinen Fall mehr. Mit leicht schwitzigen Händen nehme ich ihm den Schnaps ab.

Gerade möchte ich mit ihm anstoßen, als er mich aufhält und ein sexy Grinsen auf seinen Lippen erscheint. »Lass uns doch auf unsere Freundschaft trinken«, schlägt er vor und ein teuflisches Funkeln tritt in seine Augen. »O-okay«, stottere ich und zucke mit den Schultern. »Das habe ich zwar noch nie gemacht, aber gut. Wie geht das?«

Jetzt ist sein Lächeln breiter als zuvor. Ob es am Alkohol liegt oder an meiner Gesellschaft?

»Wir stoßen an und verhaken dabei unsere Arme, dann trinken wir und geben uns einen freundschaftlichen Kuss.« Geschockt weiche ich einen Schritt zurück und sehe ihn mit tellergroßen Augen an.

»Das geht nicht! Ich habe einen Freund, schon vergessen?«

»Wie heißt er?«

»Was?«, frage ich nach, da ich ihn nicht verstanden habe, weil mein Blick und meine Gedanken an seinen Lippen kleben. Ein raues Lachen ertönt. Hero kommt näher und neigt den Kopf ganz dicht an mein Ohr. »Dein Freund, fragte ich. Wie heißt er?«

»A-aron«, antworte ich mit kratziger Stimme. »Wie lange bist du mit diesem Aron schon zusammen?« Ich kann sein herbes Aftershave riechen, welches mir meine Sinne benebelt und die Gehirnfunktionen lahmlegt. »Seit ... ähm ... seit drei Jahren.«

»Also im verfluchten dritten Jahr? Da darf man das schon mal ganz kurz wagen unter Freunden.« Ich runzle die Stirn und schüttle den Nebel in meinem Kopf weg. »Verfluchtes drittes Jahr? So etwas gibt es doch gar nicht«, widerspreche ich ihm. »Das ist das verflixte siebte Jahr, was du meinst.«

»Das gibt es auch. Doch glaub mir, im dritten Jahr ist es auch manchmal sehr verflucht.«

»Ich küsse dich trotzdem nicht! Ich bin treu, und zwar voll und ganz.«

»Wie schön für ihn. Er kann sich glücklich schätzen.« Ist sein Tonfall eben sarkastisch geworden, oder bilde ich mir das nur ein?

»Tut er auch, das kannst du mir glauben.« Hero zuckt mit der Schulter und neigt sich etwas von mir weg. Sofort komme ich mir allein gelassen vor, weswegen mir ein guter Vorschlag einfällt. »Meine Lippen sind tabu, aber wie wäre es mit einem Küsschen auf die Wange?« Seine Neugierde ist geweckt. »Aber auf beiden Seiten.« Will er jetzt hier ernsthaft mit mir verhandeln? »Meinetwegen«, gebe ich mit einem Lachen nach. Ich muss heute echt verrückt sein. Was ist nur mit mir los?

Wir nicken uns zu, stoßen an, trinken den Schnaps und küssen uns gegenseitig auf die Wangen. Seine Lippen lassen meine Haut kribbeln und bringen meine Wangen zum Glühen. Als er von mir zurückweicht und mich strahlend anblickt, kann ich ein mädchenhaftes Kichern nicht mehr unterdrücken.

»War doch nicht so schwierig, oder? Gleich noch einmal?«, fragt er mich keck und streicht mir dabei eine Strähne meiner langen Haare hinter die Schulter. Eine Gänsehaut überzieht meinen Körper und bringt mein Blut in Wallungen.

Ich versuche mit fester Stimme zu sprechen und standhaft zu bleiben, denn gerade fällt mir beides verdammt schwer. »Nein, danke, ich will nicht zu viel trinken. Heute muss ich meine Freundin nach Hause bringen.« Ich deute mit einem Nicken zur Tanzfläche hinüber, wo sich irgendwo Cayla befinden muss. Hoffe ich zumindest, denn ich habe keine Lust sie im ganzen Club zu suchen.

»Beim nächsten Mal?« Ich nicke. Hero beugt sich noch einmal zu mir, küsst mich auf die Wange und streicht danach sanft mit seinem Daumen über meine Lippen. Ich bin wie erstarrt und sehe ihn stumm mit großen Augen an.

Mein Körper will, dass ich nach ihm greife und ihn festhalte, damit er bei mir bleibt, doch mein Verstand siegt. »Ich freue mich schon darauf«, sagt er und verschwindet so schnell, wie er neben mir aufgetaucht ist.

2. KAPITEL

Saskia

Ich brauche einige Minuten, um mich zu sammeln und fähig zu sein, meine Freundin zu suchen. Immer wieder sehe ich Hero vor mir. Er hat sich in mein Hirn gebrannt, ohne dass ich dies verhindern konnte. Niemals darf ich ein Wort von dieser Begegnung erwähnen. Es muss sein, als wären die letzten Minuten hier niemals in meinem Leben passiert.

Aron ist bereits sehr eifersüchtig, ich muss seine Geduld also nicht auf die Probe stellen. Er war schon nicht sehr erfreut, dass ich mit Cayla um die Häuser ziehe, noch dazu in unseren kurzen sexy Kleidern. Wir haben ihn zusammen geschickt überreden müssen und ich habe ihm geschworen, keinen anderen Mann anzublicken oder einen überhaupt anzusprechen.

Hat ja gut funktioniert mit meinem Versprechen.

Bevor ich jetzt in meinen Selbstvorwürfen versinke, gebe ich mir einen Ruck und begebe mich auf die Tanzfläche. Immer wieder werde ich von verschwitzten Körperteilen berührt, was ich versuche zu ignorieren. Die Menge an Menschen wird immer mehr und ich komme schon fast nicht mehr vorwärts, als ich endlich den Rotschopf entdecke, welcher zu Cayla gehört.

Mein erleichtertes Aufseufzen ist sicher bis nach China zu hören. Ich kämpfe mich bis zu meiner Freundin durch und tippe sie dann an der Schulter an. Mit einem Grinsen, welches von einem Ohr bis zum anderen geht, dreht sie sich um und umschlingt mit ihren Armen meinen Hals.

»Endlich! Ich habe dich wiedergefunden«, brüllt Cayla. Sie hält sich an mir fest und wippt nebenbei noch immer zum Takt der Musik. »Komm, ein paar Runden müssen noch getanzt werden, bevor wir nach Hause gehen.« Ich kann an ihrem Atem riechen, dass sie bereits einiges intus hat, also stimme ich dem Tanzen zu, denn dadurch wird man wieder nüchterner, was mir wiederum das Heimbringen erleichtert.

Cayla lässt mich los und kurz stehe ich mit geschlossenen Augen da. Ich lasse den Beat durch meinen Körper fließen und beginne mich im Takt zu bewegen.

Die Drinks mit Hero helfen mir, alle anderen um mich herum zu vergessen. Meine Hüften beginnen zu wippen, meine Hände bewegen sich fließend und mein Kopf sackt etwas nach hinten. Ich öffne meine Augen und blicke zur blitzenden Decke hoch.

Die Lichter blenden mich, doch das ist mir egal. Losgelöst tanze ich zur Musik und vergesse alles um mich herum.

Nicht einmal das Augenpaar, welches an jeder meiner Bewegungen klebt, kann ich in meinem losgelösten Zustand spüren.

»Bitte warten Sie hier, bis ich wiederkomme. Ich bringe nur schnell meine Freundin bis zu ihrer Wohnungstür.« Der Taxifahrer knurrt unverständliches, ich hoffe einfach mal, dass er noch da sein wird, wenn ich wieder runterkomme.

Das Tanzen hat jedenfalls geholfen, meinen Alkoholwert zu senken. Bei Cayla war das leider nicht der Fall. Sie wurde nur durstiger. Aus diesem Grund muss ich gerade meine Freundin, so gut es eben geht, die Stufen hochziehen, für sie die Tür aufsperren und so schnell wie möglich ins Bett hieven.

Gut, dass sie nur im ersten Stockwerk wohnt, denn viel weiter könnte ich sie nicht bringen. Cayla lehnt sich an mich und versucht nicht einmal, nicht zu schwer für mich zu sein. »Gleich haben wir es geschafft«, sage ich mehr zu mir selbst als zu ihr. Mir geht langsam die Puste aus.

Ungeschickt öffne ich für uns die Tür und wankend gehen wir in die Wohnung hinein. »Jetzt«, sage ich nur und lasse meine Freundin auf ihr großes Bett sinken. Cayla dreht sich um, nuschelt noch etwas und beginnt Sekunden später zu schnarchen.

Mit einer wegwerfenden Handbewegung sage ich nur noch Tschüss. Ausziehen werde ich sie jetzt sicher nicht mehr. Ich bin froh, dass sie heil in ihrem Bett liegt und schläft.

Müde und erschöpft steige ich die wenigen Stufen nach unten und bin erleichtert, als ich das gelbe Taxi noch am Straßenrand stehen sehe.

Ich steige ein, mache es mir auf der Rückbank gemütlich und nenne dem Fahrer meine Adresse. Eigentlich war ausgemacht, dass ich heute bei Cayla übernachte, doch ich habe keine Lust mehr. Dieser Abend war so merkwürdig und ich habe noch immer Hero im Hinterkopf. Vermutlich will ich deswegen, so schnell es geht zu Aron, um mir zu beweisen, dass ich bei ihm ein viel heftigeres Herzklopfen bekomme, als bei diesem Fremden heute.

Ich war einfach schon lange nicht mehr allein aus, deswegen werde ich vermutlich so ein komisches Gefühl im Bauch haben.

Das Taxi hält genau vor dem Wohnblock. Ich bezahle den Fahrer und steige aus. Mein Blick wandert die Hauswand hoch, bis zu unserem Fenster. Komisch, da flackert doch noch der Fernseher in der Wohnung, oder? Zumindest sieht es von hier unten so aus.

Dann muss Aron also noch auf sein, denke ich. Kurz sehe ich auf meine Armbanduhr. Es ist bereits fünf Uhr morgens, so lange schaut er sonst nie fern.

Glücklich, da ich gleich in den Armen meines Freundes liegen werde, gehe ich in unser Stockwerk und schließe leise die Tür auf. Ganz sachte gehe ich hinein und ziehe meine Pumps aus. Ich will keinen Lärm machen, falls er nun doch schon schläft, also schleiche ich auf leisen Sohlen ins Wohnzimmer.

Dort läuft wirklich noch der Fernseher, doch keiner befindet sich im Raum. Etwas enttäuscht lasse ich meine Tasche auf die Couch gleiten und schalte den Fernseher aus. Kaum ist der leise Ton weg, vernehme ich ein anderes Geräusch.

Was ist das denn?

Ich kneife meine Augen zusammen, halte die Luft an, damit ich besser hören kann. Läuft hier noch irgendwo ein Radio?

Langsam gehe ich in Richtung unseres Schlafzimmers. Dort kommt mir ein merkwürdiger blumiger Duft entgegen. Irgendwie lässt mich dieser Duft etwas ahnen, doch auf dieses Bild kann mich niemand vorbereiten.

Die Schlafzimmertür steht einen Spalt offen, ich brauche also nicht einmal bis ganz ins Schlafzimmer gehen, um einen ungehinderten Blick auf das Geschehen zu werfen.

Wie zur Salzsäule erstarrt stehe ich da, bin unfähig mich zu bewegen oder zu atmen. Mein Mund wird trocken und in meinen Ohren beginnt ein Rauschen, welches mich taub werden lässt.

Meine Hände beginnen zu zittern, weswegen ich sie zur Faust balle. Ich kann den Blick nicht abwenden, so sehr ich es auch möchte. Mein Verstand kann nicht glauben, was meine Augen gerade sehen. Mit Blicken folge ich jeder seiner stoßenden Bewegungen. Ich kann genau erkennen, dass dies hier Arons Hintern ist, welcher im schnellen Takt in eine Frau stößt.

Eine andere Frau.

Nicht ich.

Tränen verschleiern meine Sicht. Galle kommt mir hoch, ich kann sie gerade noch runterwürgen, bevor ich mich hier mitten im Flur übergebe.

Meine Knie drohen nachzugeben. Ich kann nicht fassen, was ich da sehe. Traue meinen Augen kaum. Ich wünsche mir, dass ich träume. Doch das tue ich nicht.

Ich stehe hier, in unserer Wohnung und blicke auf unser Bett, während mein Freund eine andere vögelt.

Er fickt sie regelrecht um den Verstand. Stößt ihr das Hirn raus.

Eigentlich dachte ich immer, bei so einer Szene muss man ausflippen, wild schreien und alles um sich werfen. Doch ich bin still. Man kann nur das Zerbrechen meines Herzens hören. Scherben rieseln auf den Boden.

Ich versuche meinen Schmerz herunter zu schlucken, auf keinen Fall will ich auf mich aufmerksam machen. Ein letztes Mal blicke ich auf das Szenario, damit es sich in meinen Kopf brennt und ich es niemals vergessen werde, dann drehe ich mich um.

Schnell und leise krame ich alle wichtigen und nötigsten Sachen zusammen, die ich in der Eile finden kann und schleiche aus der Wohnung. Als ich die Tür hinter mir schließe, sacke ich dagegen. Meine Beine können mich nicht mehr länger tragen. Mit zitternden Fingern wische ich über mein

Handydisplay und suche die einzige Nummer, die ich in so einem Moment gebrauchen kann.

Nach wenigen Klingeln wird abgehoben und eine verschlafene Stimme ertönt am anderen Ende der Leitung. »Und wehe es geht nicht um Leben oder Tod…«, wird gemault. Ich öffne den Mund, möchte etwas sagen, doch nur ein lauter verzweifelter Seufzer kommt über meine Lippen. Fest kneife ich die Augen zusammen und spüre wie Tränen meine Wangen hinabrinnen.

»Wo bist du?«, ist das Einzige was gefragt wird. Er weiß instinktiv, dass ich ihn jetzt sofort brauche. »V-vor der W-wohnung«, stottere ich, während heftige Schluchzer meinen Körper erbeben lassen. »Gib mir fünf Minuten, Schwesterchen.«

3. KAPITEL

Saskia

Diese erdrückende Stille.

Vorhin war ich froh, als alles um mich herum ruhig war. Doch jetzt, hier in Jasons Auto, hasse ich es. Nur das Motorengeräusch ist zu hören.

Starr blicke ich auf die Hände in meinem Schoß. Nervös knete ich mit den Fingern herum. Mein Mund ist trocken, mein Hals kratzt und wird mit jeder Sekunde enger. Ich reiße mich gerade zusammen, damit ich vor meinem Bruder nicht heule wie ein Kleinkind, dem der Lutscher weggenommen worden ist. Immer wieder sehe ich dieses verdammte Bild vor mir.

Aron. Mit dieser anderen Frau. In unserem Bett.

Fest kneife ich die Augen zusammen, bis es schmerzt und den Schmerz in meinem Herzen verdrängt. Mir schnürt es die Luft ab und ein kehliger Laut kommt dadurch über meine Lippen. Mein Körper beginnt, wie bereits vorhin, sich zu schütteln als hätte ich hohes Fieber.

»Soll ich ihm wehtun und anschließend verscharren, sodass ihn niemand mehr findet?«, fragt mich Jason und reißt mich prompt aus meiner Konzentration. Dadurch beginnen die Tränen erneut vom Kinn zu tropfen. Ich hebe nur ganz leicht den Blick und sehe meinen Bruder an. Sanft schüttle ich den Kopf.

»Wirst du mir sagen, was er dir angetan hat? Nein, warte… Wenn ich mir dich so ansehe, kann ich es mir auch denken. Dein Gesicht ist aschfahl, deine Augen verweint und blutunterlaufen, dein ganzer Körper zittert und du kannst nicht sprechen, ohne das heftige Schluchzer dich erbeben lassen.

Dieser Wichser hat dich betrogen ...« Mein Bruder war schon immer sehr scharfsinnig, was aber in diesem Fall und bei meinem derzeitigen Zustand keine schwere Sache ist.

Stumm nicke ich und senke den Blick. Ich schäme mich dafür.

Warum schäme ich mich? Er sollte sich doch bescheuert vorkommen, schließlich bin ich hier die Betrogene!

Wieder kann ich nur unter Schmerzen meine Tränen zurückhalten.

»Er ist ein Arschloch und hat so einen Schatz wie dich nicht verdient, Saskia.« Als mein Bruder meinen Namen so liebevoll ausspricht, ist es um mich geschehen. Der Damm bricht und alle zurückgehaltenen Tränen brechen hervor.

Ich vergrabe mein Gesicht in den Händen und beuge mich nach vorne, um meine kehligen Laute so gut es geht zu ersticken.

Ich merke, wie Jason mit dem Wagen an die Seite fährt und stehen bleibt. Er stellt den Motor ab und gleich darauf umschließen mich kräftige Hände. Jason hält mich fest und streicht mir liebevoll über den Rücken. Immer wieder flüstert er mir nette Dinge zu, welche ich aber durch mein Geheule kaum verstehen kann.

Für eine sehr lange Zeit sitzen wir so ungemütlich in seinem Wagen. Meine linke Körperhälfte ist bereits taub, da ich mich so weit wie es eben in einem Auto möglich ist, zu Jason hinüberbeuge. Irgendwann haucht mir mein Bruder einen geschwisterlichen Kuss auf die Stirn und bittet mich, dass ich kurz aufhöre, damit wir wenigstens aussteigen und in seine Wohnung gehen können.

Ich löse mich von ihm, wische mir mit den Handballen über mein Gesicht und nicke ihm kurz zu. Vermutlich sehe ich gerade horrormäßig aus. Ein Pandabär hat bestimmt nicht so schwarze Ringe um die Augen wie ich gerade. Doch mein Bruder ignoriert meine Horrorshow, steigt aus und kommt schnell um den Wagen, damit er mir die Tür öffnen kann.

Er weiß genau, dass ich gerade eine ordentliche Behandlung brauche. Jason nimmt mir meine Tasche ab, drückt mich an seine Schulter und geht mit mir zum Wohnblock. Kurz muss er mich loslassen, damit wir die Stufen nach oben steigen können.

Jason öffnet die Wohnungstür und lässt mich vorgehen. Ich war schon lange Zeit nicht mehr hier, weswegen ich mir gerade mehr verloren als heimatlich vorkomme.

»Hab keine Angst, mein Mitbewohner ist heute Abend nicht da. Du kannst also beruhigt ins Wohnzimmer gehen.« Kurz bleibe ich stehen und sehe meinen Bruder fragend an. »Du hast einen neuen Mitbewohner? Das wusste ich gar nicht.« Meine Stimme klingt kratzig und so gar nicht nach mir.

»Noch nicht lange. Ich habe ihn in der Firma zufällig kennengelernt, wir freundeten uns an und so kamen wir ins Gespräch, dass ich einen neuen Mitbewohner suche, da der vorige ausgezogen ist, um mit seiner Liebe ein neues Leben zu beginnen. Ähm ... Sorry ...« Ich weiß, dass er sich für seinen letzten Satz entschuldigt, doch das muss er nicht. Er hat ja nicht mit Absicht so etwas erwähnt, um mich an mein blutendes Herz zu erinnern.

»Du wirst ihn vermutlich morgen mal treffen. Jetzt hole ich frisches Bettzeug für dich, damit du es auch bequem hast. Danach setzen wir uns zusammen und trinken ein Glas Wein. Das hilft dir hoffentlich beim Schlafen und wenn du reden willst, dann höre ich dir zu.«

»Hört sich alles prima an, nur habe ich leider keine Lust mehr auf ein Gläschen Wein. Es wäre möglich, dass ich es auskotzen müsste, da mein Magen zu sehr verkrampft ist und das Szenario willst du genauso wenig wie ich.« Jason hebt ergeben seine Hände und lächelt. »Wenigstens hast du deinen schrägen Humor nicht verloren.« Nein, den habe ich noch, nur mein Herz ist verloren. »Wunden heilen wieder«, sagt er und geht in sein Schlafzimmer.

Jason hatte schon immer ein gutes Gespür für Menschen, für mich ganz besonders. Ich bin seine kleine Schwester. Uns trennen nur drei Jahre. Jason ist fünfundzwanzig und ich süße zweiundzwanzig. Wir haben die ersten Lebensjahre zusammen in einem Zimmer gelebt. Das war eine schöne jedoch auch streitreiche Zeit, welche ich aber niemals missen möchte. Dies hat uns zusammengeschweißt.

Auch wenn wir uns in den letzten Jahren nicht jeden Tag gesehen oder gehört haben, haben wir noch immer eine enge Bindung. Keiner würde den anderen in einer schweren Situation allein lassen. Aus diesem Grund habe ich auch ihn angerufen, anstatt meine beste Freundin. Sie hätte mir vermutlich in ihrem derzeitigen Rausch sowieso nicht helfen können.

»Hast du Schlafklamotten dabei?« Ich verneine und beiße mir auf die Zunge, um nicht erneut von einem Weinkrampf eingeholt zu werden. »War er in eurer Wohnung?« Ich kann nur nicken. »In eurem Bett?«, fragt Jason vorsichtig nach. Wieder nicke ich nur.

Mittlerweile tropfen erneut Tränen von meinem Kinn. Jason blickt auf die kleine Handtasche und versteht. »Mehr konnte ich nicht zusammensuchen«, bringe ich kratzig über meine Lippen. Ich habe in der Eile alles was ich für wichtig fand und zum Greifen nah war in meine Handtasche gestopft. »Ich hol dir ein Shirt von mir, in diesem Kleid kannst du unmöglich schlafen.« Will ich auch überhaupt nicht, meldet sich mein Unterbewusstsein.

Dieses Kleid werde ich ausziehen und niemals wieder anziehen. Es wird mich immer an diese schreckliche Nacht erinnern.

Am besten wird es sein, wenn ich es verbrenne.

Unruhig drehe ich mich auf der kleinen Couch von einer Seite auf die andere. Kaum das ich meine Augen schließe, sehe ich dieses Bild von Aron und der anderen Frau vor mir. Mein Gehirn ist sogar so gemein und denkt sich neue Sachen dazu.
Immer wilder werden die Szenen in meinem Kopf und immer mehr bricht mir das Herz. In einigen Momenten glaube ich fast, an dem Druck des Schmerzes zu ersticken. Meine Lungen bekommen in diesem Augenblick kaum Luft. Meine Augen brennen und meine Lippen fühlen sich rissig an, nachdem ich stundenlang darauf herumgekaut habe.

Auch meine Füße sind ganz zappelig. Ich kann nicht still liegen bleiben, da mich eine so unangenehme Unruhe erfasst hat. Mit meinen Fingernägeln kratze ich über den rauen Stoff der Couch. Mein Bruder würde mich normalerweise deswegen anmaulen. Doch er kann es nicht hören. Jason ist in sein Schlafzimmer gegangen und nachdem ich ihn sogar durch die geschlossene Tür schnarchen höre, weiß ich, dass er gut schläft.

Deswegen will ich ihn auch nicht wecken, obwohl ich, wenn ich ehrlich bin, dringend eine Person neben mir gebrauchen könnte.

Diese Stille ist nicht angenehm. Sie erdrückt mich förmlich und erinnert mich unablässig an meine Situation.

Was mich wiederum zum Nachdenken bringt und Fragen aufwirft. Viele Fragen, auf welche ich keine Antwort habe. Ich habe Angst über morgen nachzudenken. Angst, mit Aron über das alles zu reden. Angst, mich von ihm endgültig zu trennen und aus unserer Wohnung ausziehen.

Bei diesem Gedanken schnürt es mir die Luft ab. Panisch reiße ich die dünne Decke von meinem Körper und springe schnellstens hoch. Meine Beine sind wacklig von der ganzen Aufregung, in meinem Kopf dreht sich alles vom Hochspringen. Ich atme einmal tief durch, ich fühle mich wie ein Wrack und gehe im Zimmer hin und her.

Mit zittrigen Händen streiche ich mir immer wieder über das Gesicht und durch meine Haare, welche bereits jetzt einen Vogelnest-Style haben.

Durch das fiebrige Verhalten meines Körpers wird mein Hals kratzig und meine Zunge droht am Gaumen festzukleben. Kurzerhand suche ich daher die Küche auf, um mir ein Glas Wasser zu holen. Der Vollmond scheint so stark durch das Fenster, dass ich nicht einmal das Licht einschalten muss. Ich kann auch so alles gut sehen und erkennen.

Als wäre ich hier zuhause, öffne ich den Küchenschrank und hole mir ein Glas heraus. Ich befülle es mit kaltem Wasser, welches ich gierig in mich aufnehme. Gerade bin ich bei den letzten Zügen, als ich ein Geräusch wahrnehme. Ich halte in der Bewegung inne und höre auf zu schlucken, damit ich besser hören kann.

Da! Wieder ein dumpfes Geräusch.

Sind das schlürfende Beine, die ich da höre? Irgendwie klingt das so. Ich beuge mich etwas nach vorne, um besser aus der Küche ins Wohnzimmer sehen zu können.

Vielleicht ist auch nur Jason noch einmal aufgestanden und ins Badezimmer getrottet, schlägt mein Verstand vor. Wer solls denn sonst sein? Ist ja schließlich außer uns keiner da. Gerade, als ich diesen bescheuerten Satz denke, geht ein Schatten an der Küchentür vorbei. Ich schrecke hoch und kann gerade noch so, bevor ich laut losschreie, meine Hand fest auf den Mund drücken.

Himmel, Arsch und Zwirn! Das ist nicht Jason gewesen!

Dieser Kerl war ganz anders, auch wenn ich ihn nur als schwarzen Schatten gesehen habe. Aber eines weiß ich definitiv, es war nicht mein großer Bruder.

Denke nach, Saskia. Ich spreche mit mir selbst in Gedanken. Na prima.

Man hört, wie sich leise eine Zimmertür schließt. Und plötzlich...

Ping!

Das war Jasons Mitbewohner! Ja, klar. Warum habe ich das nicht gleich gewusst. Da hätte ich mir den beinahe Herzinfarkt echt ersparen können. Warum bin ich denn nur so schreckhaft? Hier in dieser Wohnung kann mir doch echt nichts passieren.

Ich schüttle über mich selbst den Kopf und lache kurz auf, bevor ich den Rest des Wassers austrinke und das Glas in die Spüle stelle. Danach gehe ich zurück zur Couch und lege mich wieder hin.

In Rückenlage liege ich da und starre an die weiße Decke. Noch immer herrscht ein wildes Chaos in meinem Gehirn. Gedanken, Bilder, Emotionen und auch Ängste fahren im Kopf Achterbahn.

Doch irgendwann werden diese Dinge leiser in mir und meine Augenlider immer schwerer. Die Müdigkeit wird von Erschöpfung abgelöst und lässt mich in einen unruhigen, aber tiefen Schlaf sinken.

4. KAPITEL

Saskia

Meine Augen protestieren noch, lassen sich nicht öffnen, auch wenn mich laute klappernde Geräusche geweckt haben. Ich bin noch immer erledigt.

Meine Erschöpfung war wohl doch, größer als ich dachte.

Als das nächste laute Geräusch an mein Ohr dringt, zucke ich zusammen und öffne ruckartig vor Schreck meine rotgequollenen Augen. Träge reibe ich mit den Händen über die Lider, ich versuche so das Brennen und den Schlaf aus ihnen auszuwischen.

Herzhaft gähne ich dabei und strecke meine steifen Gliedmaßen, inklusive meiner kleinen Zehen. Ich fühle mich von dieser unbequemen Couch und der kurzen Nacht wie von einem Schwertransporter überrollt. Meine Knochen knacken, ich wusste nicht einmal, dass dies an manchen Stellen überhaupt möglich ist, und meine Glieder fühlen sich bleischwer an.

Das alles hilft nichts und auch das Jammern im Kopf bringt mir nichts. Ich muss den Übeltäter, welcher diesen Lärm macht, in der Küche besuchen – denn von dort kommen die hämmernden Topfgeräusche – und ihn fragen, ob er denn nicht normal kochen kann.

Bestimmt ist Jason schon wach und möchte mir aus brüderlicher Fürsorge Rührei und frische Toasts machen. Dieser Gedanke lässt mich kurz lächeln, bis mir wieder einfällt, warum ich hier bin. In welcher Situation ich mich gerade befinde ... Das alles hatte ich vor lauter Müdigkeit erfolgreich verdrängt. Doch die Realität holt mich schneller ein, als mir lieb ist.

Keuchend, da ich wieder den Druck in der Brust verspüre, stehe ich auf und presse zunächst einmal meine Faust auf den Brustkorb. Mein Herzschlag ist viel zu schnell und auch die Atmung kommt stockend. Ich merke, wie mir die Knie einzuknicken drohen und lasse mich deswegen wieder auf die Couch sinken.

Eine Panik kriecht mir den Rücken hoch und verteilt sich im gesamten Körper. Diese Panik dringt in meinen Blutkreislauf ein und zieht mich regelrecht nach unten. Mir fällt gerade noch ein, dass man bei einer Angstattacke den Kopf zwischen die Beine legen soll, um dabei regelmäßig zu atmen. Sofort mache ich das.

Schnell beuge ich mich nach vorne, lege die Hände auf meinen Hinterkopf und schließe die Augen. Ich zähle eins, zwei, drei bis ich Luft hole und dann erneut, bis ich sie wieder ausstoße. Das Ganze wiederhole ich einige Male, bis ich merke wie sich in mir alles entspannt. Erst als ich einen ruhigen Puls habe und auch meine Lunge nicht mehr brennt, hebe ich langsam den Kopf. Ich warte dann noch weitere zehn Sekunden bis ich die Augen öffne. Plötzlich blicke ich in ein paar grüne Augen, welche mir auf der anderen Seite der Couch gegenüber sind und mich anstarren.

Mein Luftschnappen ist laut und deutlich zu hören, genauso wie mein schriller Schrei, welchen ich vor Schreck ausstoße. Der Kerl mir gegenüber zuckt zusammen, wenn auch nur ganz kurz, springt auf und ist in Sekundenschnelle bei mir. Er presst mir seine große raue Hand auf den Mund und bringt mich so zum Verstummen.

»Scht, du musst nicht das ganze Haus niederschreien. Ich tue dir doch nichts. Hätte ich gewusst, was du da machst, wäre ich gegangen, aber es sah so beeindruckend aus. Hast du dich selbst da unten …?«, redet er auf mich ein und ich weiß im ersten Moment nicht wo mir der Kopf steht.

Bis mir seine letzte bescheuerte Frage wieder einfällt. Ich runzle die Stirn, schnappe mir seine Hand und drücke sie von meinem Mund weg. Mit zusammengekniffenen Augen starre ich ihn zum ersten Mal so richtig an und muss sofort wieder laut nach Luft schnappen.

Das darf doch nicht wahr sein?! Schreie ich in Gedanken. Das Schicksal muss mich echt auserkoren haben, um mich so richtig fertig zu machen, denn wie sonst kann man sich das hier erklären. Warum muss ausgerechnet der Typ, dieser aufdringliche, arrogante, mit beschissenen Sprüchen um sich schmeißende Kerl hier vor mir stehen.

Mir klappt der Mund auf und bestimmt sehen meine Augen aus, als würde jeden Moment meine Augäpfel herausfallen.

»Nein«, ist das einzige Wort, welches ich mit meinen Lippen formen kann. Anscheinend ist ihm noch kein Licht aufgegangen, denn er neigt seinen Kopf und mustert mich ungeniert von oben bis unten. Ich springe auf und remple ihn mit aller Kraft an. Meine Hände berühren seine Schultern, drücken ihn weg. Er scheint von meiner Reaktion so überrascht zu sein, dass er ohne viel Mühe nach hinten kippt und wie ein schwerer Sack umfällt.

Seine Hände beginnen in der Luft zu Rudern und er versucht sich noch mit letzter Kraft irgendwo festzuhalten, erwischt aber nur mich. Oder soll ich sagen, zu meinem Pech?

Der Kerl packt mich an meinem Schlafshirt und zieht mich prompt mit sich. Ich kann mich überhaupt nicht mehr zur Wehr setzen, Millisekunden später prallt er mit dem Rücken auf dem Boden auf und ich knalle bäuchlings auf ihn drauf.

Jetzt starren wir uns gegenseitig mit großen Augen an. Er keucht nebenbei wie verrückt, vermutlich habe ich ihm gerade die Lunge gequetscht und ein paar Rippen gebrochen. Ich mag zwar klein und zierlich sein, dennoch bekomme ich bei so einem Fall einen Schwung drauf, dass ich einen kräftigen Kerl verletzen kann. Wie man hier gerade so schön sieht.

Vorsichtig hebe ich den Kopf an und versuche aufzustehen, eilig von ihm runterzukommen. Doch das ist nicht so einfach. Unsere Füße haben sich irgendwie ineinander verhakt und auch eine meiner Hände ist um seinen Nacken geschlungen. Wie ich das alles während unseres Sturzes geschafft habe, ist mir ein Rätsel.

»Verfluchte Scheiße ...«, jammert er wie ein Mädchen und versucht mich ebenso von sich runterzuschieben. Was aber nichts nützt. Bevor wir jedoch voneinander loskommen, ist ein lautes sehr wütend klingendes Räuspern hinter meinem Rücken zu hören. Meine Nackenhaare stellen sich auf und ich komme mir zum ersten Mal in meinem Leben wieder wie ein ertappter Teenager vor. Vorsichtig drehe ich den Kopf und blicke über die Schulter.

Mein Bruder steht da, breitbeinig, kampflustig und mit einem tödlichen Blick. So habe ich ihn noch nie gesehen. Sein Auftreten jagt selbst mir eine Heidenangst ein.

»Alter, ich wollt deine Braut nicht angraben. Sie hat sich auf mich gestürzt.« Was labbert dieses Arschloch hier eigentlich? Er ist echt so ein Mistkerl.

Bevor ich mich also aufrapple, gebe ich ihm noch einen Schlag auf den Brustkorb. Zischend atmet er aus. »Arschloch, das ist mein Bruder!« Endlich habe ich meine Stimme wiedergefunden.

»Kann mir mal einer von euch beiden Idioten sagen, was ihr hier macht? Zuerst höre ich Töpfe in der Küche, dann einen kurzen schrillen Schrei und bis ich aus dem Bett komme, liegt ihr beide hier auf dem Boden. Meine kleine Schwester auf dir, halbnackt und du hast auch noch deine Hand auf ihrem verdammten Arsch!« Jason brüllt ihn an. »Was ist hier los, Hero?«

»Alter, ehrlich, das war ... Es sieht blöd aus und dass meine Hand dort lag, war nur ein dummer Zufall. Sie hat mich vorhin geschubst und dann bin ich gefallen und wir ...«, stammelnd versucht Hero sich zu erklären. Ich kann ihn nur ansehen und bin erneut sprachlos. »Sag doch auch einmal was?«, spricht er nun direkt mich an. Ich sehe zwischen den beiden hin und her, unfähig meine Gedanken in Worte zu fassen. Daher kommt mir nur eines in den Sinn.

Ich erhebe mich und mache auf dem Absatz kehrt, lasse die beiden Männer verblüfft stehen und eile ins Badezimmer. Die Tür wird geschlossen und auch abgeschlossen. Dann lasse ich mich dagegen sinken und muss über das eben nachdenken.

Ich muss echt mit dem falschen Fuß aufgestanden sein. Warum nur passiert das wieder mir? Warum ist ausgerechnet er der Mitbewohner meines Bruders? Warum hat sich diese kurze Nähe gerade so gut angefühlt? Und warum zur Hölle nochmal kann ich noch immer jeden einzelnen Finger seiner Hand auf meinem Hintern spüren?

Meine Haut kribbelt noch immer an genau dieser Stelle. Langsam lasse ich eine

Hand sinken und streiche über meinen Hintern, genau dort wo er mich aus Versehen berührt hat. Eine Gänsehaut bildet sich auf meinem Körper. Jedoch lässt man mir hier anscheinend keine Verschnaufpause, denn auf der anderen Seite der Tür wird wie wild dagegen gehämmert.

»Saskia? Geht es dir gut?«, dringt gedämpft die Stimme meines Bruders zu mir. »Ja«, lüge ich, schließlich kann ich mir meine verwirrten Gefühle selbst noch nicht erklären, da will ich dies auf keinem Fall bei meinem Bruder tun. »Hast du dir wehgetan? Mach bitte die Tür auf, er ist eh gerade gegangen.« Ein Blitz durchfährt mich. Abrupt drehe ich mich um und öffne die Badezimmertür einen spaltbreit. Ich schaue mich im Flur um, sehe jedoch wirklich nur Jason.

»Willst du mir nun sagen, was das eben war? Ihr beide habt ausgesehen, als hätte ich euch in flagranti erwischt.« Jason streicht sich mit einer Hand durch die

Haare. Als ich nicht antworte und auch keine Anstalten mache das Badezimmer zu verlassen, seufzt er ergeben auf und schlägt vor: »Kaffee?« Dankend nicke ich. Eine Tasse schwarzen Kaffee brauche ich jetzt echt dringend.

Schweigend folge ich ihm in die Küche. Jason geht zur Kaffeemaschine und macht für jeden eine frische Tasse Kaffee. Er reicht mir meinen Becher und ich nehme diesen dankend an. Ich schließe die Augen und inhaliere den Duft. Herrlich.

Endlich scheinen meine Sinne wieder zum Leben erweckt zu werden.

»Du willst nicht darüber reden«, beginnt mein Bruder vorsichtig mit seiner Fragerei. Ich schüttle den Kopf und sehe ihn entschuldigend an. »Dann erzähl mir bitte, was genau gestern Abend passiert ist.« Ich kann Jasons Neugierde verstehen, schließlich würde ich es an seiner Stelle auch wissen wollen, wenn man meiner kleinen Schwester das Herz bricht.

Gerade als ich denke, er hat ein Recht auf die Geschichte und es wäre nebenbei sicher gut, es sich von der Seele zureden, merke ich, dass ich nicht kann. Mein Mund klappt auf und wieder zu. Ich kann die Worte zu diesem Geschehen nicht bilden. Das Einzige was ich sofort im Kopf habe, sind die schrecklichen Bilder des Verrates. Meine Kehle schnürt sich zusammen und eine einzelne Träne läuft mir über die Wange.

»Schon gut. Es ist nicht wichtig, okay? Wir wissen, dass er das größte Arschloch der Welt ist und deswegen hassen wir ihn beide. Punkt aus.« Sofort ist Jason neben mir und nimmt mich in den Arm. Ich genieße seine Umarmung, erwidere sie und schließe kurz meine Augen. Langsam atme ich tief durch und versuche mich zu sammeln.

»Sollen wir etwas unternehmen?«, fragt er mich. Ich muss nicht lange überlegen. Frische Luft und eine andere Atmosphäre tun mir gerade sicher sehr gut. Noch dazu wird es mich von meinen Gedankengängen rund um Hero ablenken.

5. KAPITEL

Saskia

Jason konnte mich erfolgreich den ganzen Tag über beschäftigen. Wir sind zusammen durch die Straßen spaziert, haben uns im Park ein leckeres Eis gegönnt und nebenbei den Vögeln zugesehen. Wir haben so ziemlich jedes Schaufenster in Greenville besichtigt, was Jason sicher viel Manneskraft gekostet hat. Dafür bin ich ihm unendlich dankbar. Er hat es geschafft, mich abzulenken. Ich konnte meine Sorgen und Ängste vergessen und habe einfach einen großartigen Tag mit ihm verbracht.

Doch nun holt mich die Realität wieder ein. Jason hat mich so geschickt abgelenkt, dass ich nicht einmal gemerkt habe, wie er mich unsere Straße entlang geschleift hat.

Nun stehe ich da, direkt vor dem Wohnhaus in dem ich mit Aron wohne. Oder soll ich eher sagen, wohnte?

Mir wird schlecht beim Anblick der Fassade. So wie mich mein Bruder gerade ansieht, bin ich sicher ganz schön grün im Gesicht. Nervös kaue ich auf meiner Unterlippe herum.

»Bitte dreh jetzt nicht durch, aber ich finde, wir müssen dir zumindest ein paar deiner Sachen aus der Wohnung holen. Außerdem habe ich dafür gesorgt, dass Aron nicht hier ist.«

Mein Blick schnellt zu Jason hinüber. Schulterzuckend versucht er sich zu entschuldigen, doch eigentlich braucht er das nicht. Ich bin ihm nicht böse, ich habe einfach nur Angst.

»Wir gehen schnell rein, holen deine wichtigsten Sachen und gehen wieder. Denn du darfst eines nicht vergessen, morgen ist Montag und du musst genauso in die Arbeit gehen, wie wir alle auch. Aus diesem Grund, schnell rein und schnell wieder raus.« Mist, er hat recht.

»Das klingt, als ob du Jugendlichen einen Quickie erklären würdest«, versuche ich zu Scherzen, um die Stimmung aufzuheitern. Jason lacht zwar, aber es erreicht genauso wenig seine Augen, wie mir ein Schmunzler über die Lippen kommt. »Gehen wir«, sage ich ganz leise und mache mit klopfendem Herzen den ersten Schritt auf das Haus zu.

In meiner alten Wohnung kam ich mir fremd vor, als wir meine Sachen abgeholt haben. Doch hier in Jasons Wohnung ist es nicht besser.
Mein Gefühl sagt mir, dass Hero sicher bald wieder nach Hause kommen wird und das macht mich erneut nervös. Fast genauso wie das Betreten meiner alten Wohnung. Aron hatte – Gott sei Dank - Wort gehalten und war nicht da.

Ich dachte immer, wenn ein Mann seiner Freundin so etwas antut, dann läuft er ihr nach, steht bettelnd vor ihrer Tür, schreibt eine SMS nach der anderen und spricht die Mailbox voll.

Oder ahnt er gar nicht, dass ich ihn mit der anderen gesehen habe? Vielleicht glaubt er, ich bin einfach so verschwunden und habe ihn sitzen gelassen. Glaubt er, verlassen worden zu sein?

So dumm kann er doch wirklich nicht sein. Außerdem hat sicher Jason etwas in der Art erwähnt, warum ich ihn nicht sehen will. Warum er sich bei mir nicht melden braucht und ich auch keine Lust auf seine erbärmliche Erklärung habe. Außerdem hat er von Anfang an nicht versucht mich zu erreichen.

Ist das ein Zeichen, dass unsere Beziehung sowieso bereits dem Ende nah war?

Der Schmerz in meiner Brust sagt etwas anderes. Wie es Aron wohl geht? Bestimmt weiß Jason das, doch ich bin zu feige ihn zu fragen. Vielleicht wird er es mir ja mal nebenbei erzählen.

Gerade bin ich dabei, mein Bett für heute Abend fertigzumachen. Ich bekomme jetzt schon, allein bei dem Gedanken an den Schlaf auf dieser Couch, Rückenschmerzen.

Und leichte Magenschmerzen, wenn ich daran denke, dass Hero genau bei mir vorbeigehen muss, wenn er heimkommt und in sein Zimmer geht.

Heiliger, lass mich bitte tief und fest schlafen, damit ich nichts davon mitbekomme. Erst recht nicht, wenn er in Begleitung nach Hause kommt.

Das würde mir erneut den Boden unter den Füßen wegreißen.

Warum auch immer …

6. KAPITEL

Hero

Seit Minuten laufe ich wie auf Kohlen in meinem Zimmer umher.

Jeder der mich so sehen würde, würde denken, ich sei verrückt. Geisteskrank. Durchgedreht.

Warum mache ich es dann eigentlich?

Ich bin kein Schisser oder so, ganz im Gegenteil, die Frauen nennen mich ganz anders. Zu meiner Verteidigung muss ich sagen, Beziehungen liegen mir eben nicht. Jedoch wissen die Frauen das, bevor sie in mein Bett kommen. Da mache ich zuvor reinen Tisch. Gebe keine leeren

Versprechungen und mache ihnen keine Hoffnung.

Warum also laufe ich wie ein Verrückter hier in meinem Zimmer hin und her? Ich habe mit der Kleinen da draußen nicht einmal geschlafen! Geschweige denn sie geküsst. Also warum mache ich mir dann fast in die Hosen?!

Verfluchte Scheiße - ganz einfach - weil sie mir seit unserer Begegnung im Club nicht mehr aus dem Kopf gegangen ist. Und dann plötzlich befindet sie sich hier, in der WG von Jason und mir, und stellt sich als seine Schwester heraus.

Hätte man mir meinen Schwanz abgeschnitten, wäre es vermutlich genauso schmerzhaft gewesen. Sekundenlang blieb mein Herz stehen und ich musste erstmals registrieren, was hier eigentlich ablief. Als mir Jason dann mit einem Blick zu verstehen gab, dass seine Schwester tabu ist, kam mein Hirn wieder in Schwung.

Ich sah mir Saskia genauer an und erkannte, dass sie rote Augen und in seinem Shirt geschlafen hatte. So konnte ich sofort eins und eins zusammenzählen. Ihr Macker, von dem sie am Abend zuvor noch so geschwärmt hatte und meinte er sei der Richtige, hatte sie betrogen. Diese Erkenntnis machte mich schlagartig so wütend, dass ich fluchtartig aus der Wohnung gestürmt bin.

Lange Zeit bin ich einfach durch die Gegend gefahren. Habe mal kurz angehalten um etwas zu essen und bin dann wieder in meinen Wagen gestiegen und erneut um die Blocks gedüst.

Spät abends kam ich erst wieder bei der Wohnung an und habe mich wie ein kleines Mäuschen hineingeschlichen. Ein kurzer Blick auf die Couch bestätigte meinen Verdacht, sie war noch da und würde zu meinem Leidwesen noch länger hier sein. Als ich mich geräuschlos in meinem Zimmer verbarrikadiert hatte, konnte ich zunächst nicht schlafen.

Wie ein unsichtbares Band wurde ich zu ihr hinausgezogen. Nur mit allerletzter Kraft konnte ich widerstehen. Am liebsten wäre ich zu Saskia gegangen, hätte sie einfach stumm in den Arm genommen und somit vor der restlichen Welt beschützt.

Verrückt?

Ihr habt ja keine Ahnung. Bei mir hat von Anfang an so ein Beschützerinstinkt eingesetzt und jetzt da ich weiß, dass ihr wehgetan wurde, wird dieser Instinkt noch intensiver. Meine Kiefermuskeln spannen sich an, wenn ich auch nur an ihre verheulten Augen denke.

Genau deshalb laufe ich wie ein Tiger im Käfig herum.

Ein Blick auf meine Armbanduhr sagt mir, dass ich in einer dreiviertel Stunde im Büro sein muss. Mein Chef hat sicher keine Lust auf eine Verspätung und auf eine bescheuerte Ausrede meinerseits genauso wenig.

Muss Saskia denn nicht arbeiten? Verflucht, ich will sie hier so wenig wie möglich sehen. Auch wenn ich dieses Mal mein gutes Stück enttäuschen muss, denn er will sie unbedingt. Aber kleine Schwestern von Freunden sind eben tabu.

Ich kann hören, wie sich die Wohnungstür schließt. Jason fährt um diese Zeit immer los, hoffentlich hat er sie mitgenommen. Schnell atme ich einmal kräftig ein und gehe mit geschwelter Brust aus meinem Zimmer. Im ersten Moment scheint es ruhig zu sein. Man kann keine weiteren Geräusche vernehmen und die Wohnung sieht verlassen aus.

Aus diesem Grund entspanne ich mich etwas, wische mir mit einer Hand über die Augen und gehe in die Küche. Dieses Bild, welches ich erblicke, sobald ich im Raum bin, wird sich auf Lebzeiten in mein Gehirn einbrennen. Das ist genauso sicher wie das Amen in der Kirche, denn so etwas erotisches habe ich in unserer Küche noch nie gesehen.

Saskia steht mit dem Rücken zu mir vor dem Küchenschrank. Das Regal, in welchem sich die Kaffeetassen befinden, steht offen und sie versucht an die obersten Regale zu kommen. Denn wir Männer haben die Tassen nach ganz oben geräumt. Was ein guter Schachzug von uns war, wenn ich so darüber nachdenke, denn so muss sie sich ziemlich strecken, um überhaupt ranzukommen.

Durch dieses Strecken ist ihr Shirt nach oben gerutscht und offenbart mir somit eine perfekte Aussicht auf ihren wohlgeformten Hintern. Mir bleibt die Spucke weg.

Als meine Zunge am Gaumen kleben bleibt und mir die Augen fast ausgefallen sind, räuspere ich mich leise und mache so auf mich aufmerksam. Erschrocken und mit einem kleinen spitzen Schrei dreht sich Saskia abrupt um, verliert dabei das Gleichgewicht und landet auf ihrem Hintern. Ich stehe da, sehe das alles wie in Zeitlupe vor meinen Augen ablaufen, reagiere aber nicht. Wie schockgefrostet stehe ich da.

»Scheiße ... Ich dachte, ich wäre jetzt allein hier. D-du bist ja gestern Abend nicht nach Hause gekommen …«, plappert Saskia und hört mitten im Satz auf. Ich blicke auf sie hinab, unfähig ihr zu helfen oder etwas zu sagen, sehe sie einfach nur an und hebe dabei eine Augenbraue.

Saskia knurrt unverständliches und rappelt sich wieder auf. Eigentlich sollte ich so nett sein und ihr meine Hand reichen und aufhelfen. Mache ich aber nicht.

Stattdessen gehe ich an ihr vorbei, als wäre nichts gewesen, hole zwei Tassen aus dem Regal und schenke uns Kaffee ein.

Mittlerweile ist sie wieder auf den Beinen und sieht mich skeptisch an. Stumm reiche ich ihr eine Tasse. Ich nehme einen großen Schluck von meinem schwarzen Kaffee, leere den Rest einfach in die Spüle, stelle die Tasse daneben ab und gehe aus der Küche.

Schnurstracks gehe ich zur Kommode, nehme meinen Schlüssel in die Hand und flüchte regelrecht aus der Wohnung. Bevor sich die Wohnungstür ganz schließt, kann ich noch ein wütendes Schnauben und

Fauchen hören. Dieser Ton dringt in mein Ohr, lässt mich blöd Grinsen und schickt gleichzeitig sexuelle Schwingungen in meine Hose hinunter. Mein kleiner Freund zuckt freudig. Leider muss ich mich und ihn daran erinnern, dass Schwestern tabu sind. Die bringen immer eine Menge Ärger mit sich und dafür habe ich keine Zeit.

Hätte mir jemand sagen können, wie anstrengend so ein Tag im Büro ist, wenn man ständig den nackten, knackigen Hintern einer ganz bestimmten Frau vor seinem inneren Auge hat? Dann wäre ich vermutlich eher ins Pub gegangen und hätte mir ein paar Schnäpse bestellt, als zur Firma zu fahren und dort zu versuchen gute neue Grafiken zu designen.

Scheiße, mein Chef war echt auf hundertachtzig und ich kann es ihm nicht einmal verübeln. Das neue Probedesign, welches mittags fertig sein sollte, war der reinste Flop. Als hätte Saskia meine Kreativität ausgesaugt. Nichts ging mehr in meinem Hirn voran. Das einzige was ich sehen konnte, war ihre zarte Haut, ihre perfekten Rundungen am Hintern und ihre großen blauen Augen als sie mich vom Boden aus angestarrt hatte. Klar, dass sich bei diesen Bildern in meinem Kopf sofort auch wieder mein Schwanz regte. Was noch unangenehmer war, als sonst.

Einmal war ich kurz davor gewesen, mich auf die Toiletten zu schleichen, um mir Erleichterung zu verschaffen, doch diese Büroatmosphäre killte wie von allein immer wieder meine Lust. Zum Glück wie ich sagen muss. In der Bürotoilette beim Wichsen erwischt zu werden, ist mit Abstand das Schlimmste, was mir in den Sinn kommt.

Daher behielt ich die Hände bei mir, verdrängte Saskia aus meinen Gedanken und konzentrierte mich so gut es ging auf mein Grafikprojekt.

Pünktlich um siebzehn Uhr machte ich erschöpft und ausgelaugt Schluss. Niemals war ich so froh, aus dem stickigen Bürogebäude zu kommen.

Jetzt kann ich nur noch eines hoffen, und zwar das noch keiner von den beiden in der Wohnung ist, und ich somit schnell rein, mich umziehen und schnellstens wieder verschwinden kann.

Den Titel als Arschloch habe ich bereits, doch ich brauche heute eine Frau. Es hilft nichts, ich muss und will Druck ablassen. Ein paar Bierchen in meiner Stammkneipe, dort wird sich dann mit Sicherheit eine Dame finden, die mich heute bei ihr schlafen lässt.

So sieht zumindest mein Plan aus, bis ich den Schlüssel der Wohnungstür umdrehe und bereits vom herrlichen Duft frischer, saftiger Pizza abgelenkt werde. Automatisch tragen mich meine Beine ins Wohnzimmer, mein Magen knurrt laut und mir läuft das Wasser im Mund zusammen.

Jason ist ein Teufelskerl. Er hat wohl seine Schwester weggeschickt, damit wir einen Männerabend genießen können. Genau den brauche ich heute.

»Hey Jason, geile Idee mit der Pizza! Hast du auch genügend Bier gekauft? Ich brauche heut extra viel, war ein Scheißtag, wenn du verstehst ...«, mitten im Satz bleibt mir die Luft weg. Der Duft von der Pizza steigt mir noch immer in die Nase. Ich sehe drei Kartons vor mir auf dem Wohnzimmertisch stehen, genauso wie einige Bierdosen. Jedoch keinen Jason.

Stattdessen sitzt Saskia wie eine schüchterne kleine, süße Maus auf der Couch und knabbert an ihren Fingernagel. »Hi, Hero«, haucht sie mit niedlicher Stimme, welche mir durch und durch geht. Die feinen Härchen im Nacken rühren sich sogar. »Ich wollte euch Jungs überraschen und mich mit Bier und Pizza für die schnelle Aufnahme in eurer WG bedanken ...«, ich weiß gar nicht, ob sie den Satz überhaupt zu Ende spricht. Ein Dunst umgibt mich und vernebelt mein Gehirn.

Ich muss in der Hölle gelandet sein, denn ich spüre, wie die Hitze des Fegefeuers meinen Blutkreislauf anheizt und meine Haut verglühen lässt.

7. KAPITEL

Saskia

Ich kann den Satz nicht zu Ende sprechen.

Hero steht da wie angewurzelt und sieht mich mit erschrockenen Augen an. Sein Blick durchbohrt mich und macht mich immer nervöser. Er hatte von Anfang an eine sehr magische und anziehende Aura um sich, doch gerade ist sie noch intensiver. Er wirkt fast gefährlich. Dunkel.

Seine grünen Augen lassen mich nicht los. Was mich verwirrt und unsicher macht. Ich beginne auf der Lippe zu kauen, was er mit einem Knurren quittiert. Erschrocken über mich, meine Unsicherheit ihm gegenüber und dieser Anziehungskraft, springe ich von der Couch hoch. Schnellstens will ich nur aus dem Raum flüchten. Doch meine Beine können dem eiligen Drängen meines Kopfes nicht folgen und stolpern über sich selbst.

Wie ein ungeschicktes junges Fohlen stolpere ich über meine eigenen Beine und kippe nach vorne. Mit den Händen rudernd versuche ich mich noch irgendwie abzufangen, erwische aber nichts als Luft.

Bevor ich jedoch den Aufprall meines peinlichen Bauchflecks spüren kann, werde ich von zwei starken Händen gepackt. Fest halten sie mich und drücken mich an die starke Brust, welche noch dazu herrlich männlich duftet. Tief inhaliere ich diesen Duft und speichere ihn in meinem Gehirn ab.

Akte Hero. Männlich, kräftig, gutaussehend und duftet besser, als jede Werbung im Fernsehen es einer Frau verraten könne. Dieser Duft ist einmalig und...

»Hä? Akte Hero? Bist du krank?«, werde ich aus meinen Gedanken gerissen. Schnell lichtet sich der Nebel und ich merke, wie ich mich krampfhaft an Hero festhalte. Ich stehe zwar wieder auf beiden Beinen, doch ich lasse ihn nicht los. Fast ist es, als ob wir beide die Gegenwart des andern genießen würden. Bis ...

»Was hast du da eben gesäuselt? Ich konnte dich so schlecht verstehen, da du mir deine Fingernägel in die Brust gerammt hast vor Panik auf dem Bauch zu landen, wie ein Sprössling, der gerade erst laufen lernt.«

Puff, und vorbei ist es mit der Seifenblase um mich herum. »Ähm ich sagte, danke Hero und nicht Akte. Also, das wäre ja echt merkwürdig und komplett bescheuert, denn was soll ich denn mit einer Akte meinen.« Auch mein lässiges Schulterzucken und Kichern kann mich jetzt wohl kaum noch retten. Hero öffnet gerade den Mund, um etwas zu sagen, als genau in dem Moment die Wohnungstür mit einem lauten Knall zufällt und Jason wenige Sekunden später bei uns im Wohnzimmer steht. »Also, eines müsst ihr zwei mir nun wirklich erklären, denn, immer wenn ich einen Raum betrete, in dem ihr euch befindet, finde ich euch eng umschlungen vor.«

Jasons Stimme klingt angepisst und wütend. Vermutlich denkt er, wir haben hier was laufen und verheimlichen ihm das. »So ein Nonsens«, presse ich hervor und lockere meine Finger von Heros Shirt. Dieser lässt mich abrupt los, was mich fast wieder zum Fallen bringt, weicht einen Schritt zurück und schiebt sich lässig seine Hände in die Hosentasche.

Hero zuckt gelassen mit der Schulter. »Deine Schwester ist einfach ungeschickt, sie wollte mir gerade ein Bier reichen und ist über ihre eigenen Beine gefallen. Du hättest ihr das Laufen echt besser beibringen sollen.« Fassungslos starre ich Hero an. Wie kann er nur so fies sein? Jason findet das jedoch lustig und beginnt lauthals zu lachen.

»Also gibt es Pizza und Bier?«, fragt mich mein Bruder. Ich nicke und bin etwas verstört über den schnellen Themenwechsel. »Ein kleines Dankeschön für die rasche Aufnahme und so.« Verlegen blicke ich auf meine Füße. Jason kommt zu mir, nimmt mich in den Arm und drückt mir einen brüderlichen Kuss auf die Stirn.

»Dieser Wichser wird dir nie wieder wehtun, dafür sorge ich schon. Du kannst so lange bleiben, bis du eine eigene Wohnung gefunden hast. Habe ich recht, Hero? Wir lassen Saskia nicht im Stich.« Vorsichtig luge ich zu Hero hinüber.

Er sieht mich erstaunt an, was vermutlich daran liegt, dass er bis eben nicht wusste, warum ich hier bin. Jetzt ist mir das alles noch unangenehmer. Meine Wangen beginnen zu glühen, doch ich kann den Blick nicht von ihm losreißen.

»Verfluchtes Jahr, was? Klar Mann, lassen wir deine kleine Schwester nicht einfach so auf der Straße stehen. Wir helfen ihr.« Oh, Mannomann. Sein Blick bohrt sich in meine Augen und meine Beine werden augenblicklich zu Wackelpudding.

Gut, dass hinter mir die Couch steht, somit kann ich mich schnell hinsetzen und den beiden dankend zu lächeln. Was sicherlich sehr krampfartig rüberkommen muss. Doch meine Gesichtsmuskeln spielen im Moment nicht so mit, wie ich es möchte.

»Irgendwann wirst du mir sicherlich die ganze Geschichte erzählen können und dann mache ich diesen Schwanzlutscher fertig. Er wird zu Kleinholz verarbeitet, denn niemand tut meiner kleinen Schwester weh!« Jasons´ Ansage verursacht mir eine Gänsehaut.

Unruhig zapple ich auf der Couch herum. Ich kann beiden nicht mehr in die Augen sehen und muss mich räuspern, um überhaupt ein Wort rauszubekommen. »Lasst uns essen, sonst wird ja die leckere Pizza kalt und das wäre doch ein Verbrechen an allen Pizzen der Welt«, versuche ich so unauffällig, wie es mir nur möglich ist, von mir und meiner Geschichte abzulenken. Jason wirft mir noch kurz einen strengen Blick zu, setzt sich dann jedoch, ohne etwas zu sagen. Erleichtert atme ich auf, doch als meine Augen zu Hero wandern, wird mir schlagartig kalt. Starr sieht er mich an und runzelt dabei die Stirn. Er wirkt nachdenklich und wütend zugleich, was in mir ein Feuerwerk und einen Kälteschock verursacht. Und das alles gleichzeitig!

Meine Hormone spielen in seiner Gegenwart verrückt.

Das musste ich bereits bei unserem ersten Treffen feststellen. Sofort war da etwas zwischen uns, was nicht hätte sein dürfen.

Sekundenlang blickt mich Hero an, bevor er sich ebenfalls hinsetzt. Genau wie mein Bruder greift er sich ein Stück Pizza und beginnt zu essen. Jason macht den Fernseher an und schaltet auf irgendein Footballspiel, welches gerade lautstark über die Bühne geht. Der Ton des Spiels ist zwar nicht zu laut, dennoch bin ich froh, dass nun beide Männer so vertieft darin sind und sie gar nicht mitbekommen, wie ich viel zu lange an nur einem kleinen Stück Pizza herumkaue.

Der Hunger ist wie weggeblasen. In meinem Kopf herrscht Chaos und meine Gedanken fahren Achterbahn. Immer wieder sehe ich Hero von der Seite an, schmachte ihn regelrecht an. Er sieht einfach unglaublich gut aus. Seine dunklen Haare, sein kantiges Gesicht mit den stechend grünen Augen und die kräftige Statur, welche viele Muskeln erkennen lassen.

Aron ist nicht so durchtrainiert. Er sieht zwar blendend aus, doch mit Heros Ausstrahlung und Körperbau kann er nicht mithalten. Hero hat einfach diesen Bad Boy-Touch, welchen Aron niemals haben wird. Aron ist einfach ein Arschloch. Durch und durch. Leider kommt diese Erkenntnis zu spät für mich.

Kaum denke ich an Aron, steigt mir bittere Galle hoch. Schnell lege ich das halbe Pizzastück zurück auf den Karton und trinke stattdessen einen großen Schluck des gekühlten Bieres. Wegen diesem Scheißkerl will ich mich nun sicher nicht übergeben. Nicht einmal das ist er noch wert. Er sollte es nicht einmal mehr wert sein, über ihn nachzudenken.

Fest kneife ich meine Augen zusammen und wische mir mit zittrigen Händen über das Gesicht. Gut, dass ich nicht viel Make-up trage, sonst würde ich aussehen wie eine Barbie nach einem Laborunfall.

Langsam öffne ich die Augenlider wieder und atme einmal kräftig durch. Dann blicke ich mich verstohlen um und hoffe, dass keiner der beiden meinen kleinen Schwächeanfall bemerkt hat. Doch mein Wunsch wird nicht erfüllt. Hero sieht zu mir herüber und hebt fragend eine Augenbraue. Meine Augen weiten sich und ich schüttle ganz zaghaft den Kopf. Hoffentlich versteht er den Wink, dass er jetzt einfach Ruhe geben soll, denn sonst fängt mein Bruder an sich größere Sorgen um mich zu machen, als er sowieso bereits schon tut.

Hero sieht zwar skeptisch aus, nickt mir aber zu. Ein erleichtertes Lächeln stiehlt sich auf meine Lippen und ich hauche ein leises ‚Danke' in seine Richtung. Hero beugt sich nach vorne, greift nach dem nächsten Stück Pizza, dreht sich dabei jedoch unauffällig in meine Richtung und flüstert: »Danke mir nicht zu früh.« Ein kalter Schauder rinnt mir über den Rücken.

Er wird doch nicht so ein Arsch sein und mich zwingen über das Geschehene zu sprechen. Hoffentlich wird er warten, mir Raum und Zeit geben, bis ich von allein mit der ganzen Geschichte rausrücke. Doch bis dahin, will ich Abstand von Hero halten. Seine Nähe verwirrt mich und das kann ich gerade echt nicht gebrauchen.

8. KAPITEL

Saskia

»Ich habe öfter versucht dich zu erreichen, aber immer ging nur die Mailbox an dein Handy ran. Was war den los? So verkatert konntest du doch gar nicht sein?«, fragt mich Cayla. Sie sitzt mir gegenüber auf unserem Schreibtisch und wartet bis ich ihr antworte.

Ich hasse Montage, aber dieser ist einer der allerschlimmsten Sorten.

Ob sie mir ansieht, dass etwas nicht stimmt? Bestimmt, sie ist meine beste Freundin und hat dafür extra ihre Fühler ausgefahren, um meine schlechten Schwingungen aufzunehmen. »Du siehst blass aus. Was ist los? Bist du krank oder ist etwas mit Aron?«

Kaum, dass sie seinen Namen ausspricht, ist es, als würden in mir sämtliche Schutzdämme brechen. Meine Sicht verschwimmt augenblicklich und ein herzzerreißender Schluchzer bahnt sich einen Weg nach oben. Meine Atmung geht stockend und kaum das ich denke, dass ich gleich hyperventiliere, ist Cayla an meiner Seite und zieht mich tröstend in ihre Arme. »Oh mein Gott, Süße ... Was ist den passiert? Hatte jemand einen Unfall? Oder ... Wen muss ich töten?«

Bei ihrer letzten Frage kommen ein Auflachen und ein Schluchzer gleichzeitig aus meinem Mund, was sich komisch quiekend anhört.

»Ich verstehe. Du musst nichts erzählen, wenn du es nicht möchtest. Aber vergiss nicht, ich bin da und zusammen finden wir einen Weg, den Scheißkerl verschwinden zu lassen, ohne dass es jemanden auffällt.« Sogar als ein Häufchen Elend bringt sie mich noch zum Lachen und lässt dadurch den Damm aus Tränen versiegen.

Bevor mich der Mut verlässt, sage ich schnell: »Ich habe ihn im Bett erwischt. Mit einer anderen.« Jetzt ist es Cayla die laut aufkeucht. »Nicht dein Ernst? Verdammte Scheiße aber auch. Warum bist du nicht zu mir gekommen? Ich hätte ihn windelweich geschlagen, dieser ... dieser ... mir fehlen echt die Worte. Oh, Süße ...« Jetzt packt sie mich noch fester und drückt mich so stark, dass ich fast keine Luft mehr bekomme.

»Ich bin bei Jason untergekommen«, sage ich, verschweige ihr aber, dass er einen ganz besonderen Mitbewohner hat.

»Trotzdem, ich bin deine Freundin und sollte für dich in so einer Situation da sein.« Cayla wirkt ein bisschen beleidigt, als sie mich endlich aus der Umarmung loslässt. »Aber die starken Arme eines starken Bruders sind auch gut. Noch dazu, wenn er so gut aussieht, wie deiner.« Ich muss über ihre Bemerkung kichern.

Cayla steht auf meinen Bruder, seit ich denken kann. Doch er behandelt sie wie Luft. »Dort kann ich bleiben, bis ich etwas Eigenes habe.«

»Oh, dann helfe ich dir bei der Wohnungssuche.« Sie klatscht in die Hände und schwingt ihren Hintern auf ihren Bürostuhl zurück. »Ich werde mich gleich umsehen, was es so gibt hier in der Gegend. Und am Abend wirst du mir bei einem Gläschen Wein alles erzählen, denn hier ist ein schlechter Ort dafür«, Cayla senkt ihre Stimme und deutet mit einem Nicken Richtung Tür. »Du weißt ja, die Wände hier haben Ohren.«

Dieser Arbeitstag fühlte sich noch länger an, als es ein normaler Montag tun sollte.

Schleppend und mit nahenden Kopfschmerzen gehe ich den restlichen Weg von der Bahn zu Jasons Wohnung. Hoffentlich ist von den beiden noch keiner in der Wohnung, denn ich möchte jetzt niemandem begegnen. Mir reicht es schon, dass ich nachher zu Cayla muss. Auch wenn ich es sehr zu schätzen weiß, dass mich meine Freundin unterstützen möchte, doch irgendwie will ich es nicht.

Am liebsten wäre mir, mich zu verkriechen und einfach mal eine Woche nicht über den ganzen Scheiß nachzudenken. Schließlich ist das alles erst am Wochenende passiert! Da kann man doch von mir nicht erwarten, gleich die Beine in die Hand zu nehmen und mein Leben neu zu gestalten. Ich brauche noch Zeit, um das alles zu verdauen.

Noch immer kann ich es kaum aussprechen, ohne dass mir schlecht wird oder ich in Tränen ausbreche. Ich will doch einfach nur eine Zeit zum Trauern und mich selbst zu bemitleiden. Das habe ich doch verdient, oder etwa nicht?

Jason hat mir einen Schlüssel für die Wohnung gegeben, sodass ich nicht anklopfen muss. Irgendwie fühlt es sich trotzdem komisch an, allein hier reinzugehen. Leise öffne ich die Tür und lausche. Der Vorraum und das Wohnzimmer liegen still da, keiner scheint hier zu sein.

Vielleicht ist aber Hero in seinem Zimmer? Dieser Kerl ist immer so leise, dass ich mich jedes Mal erschrecke, wenn er plötzlich vor mir steht. Ich will nicht schon wieder so eine peinliche Situation mit ihm haben. Das tut mir genauso wenig gut, wie die Gedanken an Aron.

Auf leisen Sohlen gehe ich hinein und schließe sachte die Tür. Noch immer ist kein Mucks zu hören, also entspanne ich mich langsam und wage mich ins Wohnzimmer vor. Wie es aussieht, bin ich wirklich allein. Was für ein Segen an diesem Scheißtag.

Ich lege meine Tasche auf die Couch und gehe zu meiner kleinen Reisetasche, welche in der Ecke steht. Ewig kann ich hier echt nicht bleiben. Das ist nur eine Notlösung, denn ich will keinesfalls für längere Zeit auf der Couch pennen, immer wieder Hero begegnen und null Privatsphäre haben. Obwohl mich der Gedanke an eine eigene

Wohnung auch etwas abschreckt. Ich war noch nie allein, denn ich zog sofort mit Aron zusammen.

Was ein Fehler war, wie man sieht.

Ich hole frische Unterwäsche raus und gehe damit ins Badezimmer. Eine heiße Dusche muss ich jetzt einfach haben, bevor ich zu Cayla gehe. Die Tür des Badezimmers schließe ich sicherheitshalber ab und drehe das Wasser der Dusche auf.

Gleich darauf ist das Badezimmer von dem heißen Wasserdampf erfüllt und wärmt mich von außen her auf. Mit einem tiefen Seufzer ziehe ich mich aus und steige unter das angenehm warme Wasser. Ich schließe meine Augen und versuche, mich zu entspannen und mit dem Wasser meine negativen Energieströme abzuwaschen.

Lange stehe ich da und versuche an nichts zu denken. Ich konzentriere mich auf das Rauschen des Wasserstrahls und tanke dadurch neue Energie.

Nachdem ich mir auch meine Haare gewaschen habe, steige ich aus der Dusche, trockne mich ab, schlüpfe in die Unterwäsche und wickle mich erneut in das große Badetuch ein. Vor mich hin summend, da ich jetzt bessere Laune habe als noch zuvor, öffne ich die Badezimmertür und gehe zurück ins Wohnzimmer, um mir neue Klamotten zu holen. Da ich nichts ordentlich eingepackt habe, sehen die meisten Kleider verknittert aus.

Mit einem Schnauben stopfe ich es einfach wieder zurück. Das ich jetzt auch noch Bügeln soll interessiert mich gerade nicht, aus diesem Grund nehme ich etwas, was noch faltenfrei ist. Leider habe ich da keine große Auswahl, also wird es eine enge schwarze Leggings – da werden die Falten einfach aufgefüllt – und ein Oversize Shirt, welches fast knitterfrei ist. Mit einem Schulterzucken nehme ich es hin, schließlich gehe ich ja nur zu Cayla.

Kurz blicke ich über meine Schulter und lausche in den Raum. Noch immer alles still, also kann ich mich auch einfach hier umziehen. Ich lasse das Handtuch fallen, darunter trage ich bereits die frische Unterwäsche und schlüpfe schnell in die Leggings. Gerade als ich höre, wie der Schlüssel im Schloss umgedreht wird, ziehe ich mir das Shirt über den Kopf und keine Sekunde später richten sich alle meine Härchen auf. Ich brauche mich eigentlich nicht umzudrehen, um zu wissen, dass Hero gerade nach Hause gekommen ist.

Langsam drehe ich meinen Kopf und blicke ihm in seine wunderschönen grünen Augen. Wie angewurzelt steht er da und sieht mich mit einem Blick an, welcher mir fast die Klamotten vom Leib reißt. Ich kaue nervös auf meiner Unterlippe, kann ebenfalls nicht die Augen von ihm abwenden. Wie gebannt sehen wir uns an. Wäre er nur wenige Sekunden früher reingekommen, so stünde ich in Unterwäsche vor ihm. Dieser Gedanke bringt die Knie zum Zittern und erzeugt zwischen meinen Beinen eine angenehme Hitze. Meine Wangen werden heiß und leuchten bestimmt rötlich.

Diese Gedanken und meine Reaktionen auf ihn verwirren mich zutiefst. Bevor ich also laut aufschreie wie eine Verrückte, drehe ich mich um und blicke zum Boden. Ich kann ihn nicht länger ansehen, sonst springe ich ihn an wie eine Gams, die schon lange kein Männlein mehr hatte.

Eigentlich dürfte ich doch gerade in meiner Situation nicht so fühlen. Ich sollte nicht so auf ihn reagieren. Das ist doch nicht normal! Oder macht mein Körper das alles nur, weil ich verletzt wurde? Weil mein Herz gebrochen wurde und einfach eine neue Bestätigung sucht?

Bevor ich mir selbst darauf antworten kann, oder ich noch einmal Hero ansehe, marschiere ich zur Couch, packe meine Tasche und husche mit gesenktem Kopf an ihm vorbei. Ein Brummen ist von Hero zu hören, doch ich verstehe bei meiner überstürzten Flucht nicht, was er sagt. Schneller als er reagieren könnte, bin ich auch schon draußen im Treppenhaus.

Panisch gehe ich die Stufen hinunter und hechte regelrecht auf den Gehsteig.

Ein sanfter Wind bläst mir durch die Haare, was mich daran erinnert, dass diese noch immer tropfnass sind und ich ungeschminkt bin. Mit der flachen Hand gebe ich mir selbst eine Hirnklatsche. Großartig gemacht, Saskia! Jetzt muss ich mit nassen Haaren mit der Bahn zu meiner Freundin fahren. Bestimmt sehe ich wie ein begossener Pudel aus, welcher gerade in ein heftiges Gewitter gekommen ist. Wie passend, dass ich wenigstens die guten Klamotten – Sarkasmus aus - ausgewählt habe.

Und das alles nur, wegen ihm …

9. KAPITEL

Hero

Da kommst du nichtsahnend nach Hause, gehst in die Wohnung und das Erste, was du siehst, ist ihr entzückender Hintern in einer engen Leggings.
Bin ich froh, dass sie angezogen war, oder Moment mal, ohne diese störenden Klamotten wäre sie sicher noch heißer gewesen. In meiner Hose regt sich etwas und das, obwohl sie wie ein flüchtiger Einbrecher an mir vorbeigestürmt ist.

Fast wäre mir der Mund offen stehen geblieben, jedoch nur fast. Ich wollte sie eigentlich noch aufhalten, ihr sagen, dass sie noch nasse, ganz wirre Haare hat, doch kein Ton kam über meine Lippen. Dafür wird sie mich hassen.

Wieder einmal.

Warum kann ich bei ihr nicht klar denken? Bereits bei unserer ersten Begegnung im Club habe ich einen dummen Spruch nach dem anderen rausgelassen. So ein Arschloch bin ich normalerweise nicht immer. Nur bei den ganz schlimm aufgetakelten Schlampen, welche sich mir an den Hals werfen. Denn diese haben es nicht anders verdient. Die fordern das Böse ja regelrecht heraus.

Doch Saskia ist anders. Ihr schüchterner Blick, welcher aber durchaus feurig werden kann, lässt meine Beine schwachwerden und meine Atmung aussetzen.

Damals wollte ich sie schon kennenlernen, doch sie gab mir einen unschönen Korb, indem sie erwähnte, wie lange sie schon mit ihrem Freund zusammen ist.

Doch nun ist es anders. Jetzt wurde ihr das Herz gebrochen. Sie musste diese

Tatsache nicht einmal aussprechen, ich konnte es in ihrem Blick sehen, dass ihr das Herz herausgerissen wurde. Aus diesem Grund muss ich Abstand halten und mich ihr gegenüber nett verhalten.

Sie braucht ganz sicher nicht noch ein Arschloch in ihrem Leben.

Diese Gedanken frustrieren mich, daher gehe ich mit hängenden Schultern in mein Zimmer. Schnell wechsle ich mein Shirt, schnappe mir gleich darauf meine Schlüssel und stürme aus der Wohnung, als sei der Teufel höchstpersönlich hinter mir her.

Ich brauche jetzt einen Drink und da wird mir das Bier, welches bei uns im Kühlschrank steht, nicht reichen.

Außerdem könnte eine schnelle Nummer mit einer Unbekannten auch nicht schaden. Mal sehen, was sich in meiner Stammkneipe so rumtreibt, vielleicht nehme ich ja auch eine mit nach Hause.

Obwohl ... nein. Dann könnte Saskia die Dame sehen und das will ich dann doch nicht, wenn ich ehrlich bin.

Ich mag zwar ein Arsch sein und sicherlich bin ich nicht reif für eine Beziehung, dennoch würde ich das nicht vor ihren Augen machen. Dagegen sträubt sich alles in mir.

Eine schnelle Nummer, bei der ich gleich wieder flüchten kann, ist immer die bessere und sicherste Methode.

Genau so wird mein heutiger Abend aussehen.

Abendplanung abgeschlossen.

10. Kapitel

Saskia

Ich trete ungeduldig von einem Fuß auf den anderen. »Nun mach doch endlich auf«, flüstere ich gegen Caylas Wohnungstür. Jeder Fußgänger, der mir entgegenkam, sah mich merkwürdig an.

Was mich noch ungeduldiger und nervöser werden ließ. Die Blicke in der Bahn waren bereits die Hölle. Warum müssen eigentlich um diese Uhrzeit die meisten Menschen in den Bahnen sitzen? Hätten die nicht früher von der Arbeit heimfahren können?

Vermutlich nicht, denn so hätten sie mich als nassen Hund verpasst. Noch immer sehe ich die Jugendlichen vor mir und kann deren Lachen in meinen Ohren hören.

Nie wieder werde ich so überstürzt die Wohnung verlassen. Egal wer oder was sich auch darin befinden mag.

Endlich sind hinter der Tür Schritte zu vernehmen, Sekunden später wird die Wohnungstür schwungvoll geöffnet. »So schnell hatte ich dich nicht … Ähm … Gab es gerade eine Sturmflut, oder warum siehst du so aus?« Cayla beugt sich vor und sieht sich um. Blöde Kuh, denke ich nur, lass mich einfach rein.

Da ich nur abfällig schnaube, weicht Cayla zur Seite und lässt mich eintreten. Sie hat eine Erdgeschoss Wohnung, wodurch sie immer persönlich die Vordertür öffnet, anstatt dort – wie alle anderen Mieter auch – den Summer zu betätigen. Denn schließlich könnte diese neugierige Frau ja etwas verpassen, während sie jemanden die Tür öffnet. Manchmal bringt sie mich echt zur Weißglut.

Schnurstracks gehe ich daher in ihre Wohnung und steuere augenblicklich das kleine gemütliche Sofa an. Mit einem Rums lasse ich mich darauf nieder und verschränke wie ein genervtes Kleinkind die Hände vor meiner Brust. »Was ist dir denn über die Leber gelaufen? Und warum bist du nass?« Cayla steht mir gegenüber und sieht mich mit Argusaugen an.

Wieder schnaube ich, wie ein Stier bevor ich mit meiner Erklärung loslege. Doch, gerade als ich Anfangen will, fällt mir ein, dass Cayla nicht weiß, dass Hero bei Jason wohnt. Also ...

»Mein Bruder der Kindskopf hat mir ... ähm ... einen Streich gespielt«, beginne ich mit meiner Lüge. Cayla sieht mich skeptisch an und hebt dabei fragend eine Augenbraue. »Einen Streich? Aber warum denn das?«

»Na, weil ..., weil Brüder das eben so tun. Seine Worte, nicht meine.« Mit einem Augenrollen und einem Achselzucken unterstreiche ich die Geschichte. »Er dachte, es sei witzig, wenn er mir das warme Wasser abdreht.«

»Wie konnte er denn ins Badezimmer zum Heizungsboiler kommen?« Mist. Meine Geschichte ist nicht gut durchdacht. Sie durchschaut mich.

»Ich hatte nicht abgeschlossen, schließlich ist dies die Wohnung von Jason. Woher soll ich denn wissen, dass er sich wie ein Kleinkind aufführt.« Rasche und sehr kluge Antwort von mir. Innerlich klopfe ich mir selbst auf die Schulter.

»Und daher bist du sauer aus der Wohnung gestürmt, ohne dir die Haare zu föhnen?« Selbst in meinen Ohren klingt das merkwürdig, doch ich nicke einfach und verdrehe noch einmal die Augen. »Ich war sauer und genervt, daher wollte ich schnell raus.«

»Du hast sicherlich viele Blicke auf dich gezogen in deinem Outfit.« Cayla mustert mich von oben bis unten und beginnt zu kichern. Als ich an meinen Beinen hinabblicke, trifft mich fast der Schlag. Die

Leggings ist zwar knitterfrei, dafür aber voll mit Schokoladeflecken. Oh. Mein. Gott.

So hat mich der halbe Wagon gesehen, die Leute auf den Gehsteigen ganz zu schweigen. Und so hat mich auch Hero gesehen. Die Farbe meines Gesichtes kann man im Moment sicher mit einem gekochten Hummer vergleichen.

Beschämt verstecke ich mein Gesicht hinter den Händen und schüttle den Kopf. Das darf doch alles echt nicht wahr sein. Gerade als ich dabei bin mich gedanklich zu rügen, beginnt Cayla lauthals zu lachen. Ich luge zwischen zwei Fingern hindurch und beginne ebenfalls zu kichern. »Du schaffst es immer wieder«, gackert die blöde Kuh. Jedoch nehme ich ihre Worte nicht ernst, sondern lache mit ihr.

Sie wischt sich Tränen aus dem Augenwinkel und fragt mich nach Luft schnappend: »Jetzt brauchst du wohl eine doppelte Ladung Wein in deinem Glas.« Ich nicke und schon verschwindet sie in der Küche. Der Kühlschrank wird geöffnet und man hört das Klirren der Gläser. Cayla ist schnell wieder bei mir im Wohnzimmer.

Mittlerweile ist unser Lachflash abgeklungen. Sie setzt sich neben mich, reicht mir ein Glas und schenkt mir ein. Nachdem auch ihres befüllt ist, machen wir es uns bequem. »Auf Freunde, die immer für einander da sind«, sagt sie und hält mir dabei ihr Glas Wein hin. Ich weiß, worauf sie hinaus will, deswegen setze ich einen entschuldigenden Blick auf und stoße mit ihr an.

»Na gut, wie fange ich am besten an zu erzählen …« Cayla gibt mir die Zeit, die ich brauche, bis ich die richtigen Worte finde. Dann beginne ich mit zittriger Stimme und klopfendem Herzen zu erzählen, wie ich meinen Freund beim Sex mit einer anderen erwischt habe. Und das alles in unserem Doppelbett.

Als ich mit meiner Erzählung ende, habe nicht nur ich Tränen in den Augen, auch Cayla sitzt da, sieht mich mit einem mitfühlenden Blick an und schnieft. »Dieser verfluchte Wichser!«, brüllt sie plötzlich, was mich so erschreckt, dass ich fast mein Glas fallen lasse. Ich fasse mir mit einer Hand auf die Brust und schüttle den Kopf. Noch immer fühlt es sich an, als ob mir Aron in diesem Moment das Herz aus der Brust reißen würde.

»Wie kann er nur so ein mieser Hurensohn sein?«, beginnt Cayla ihre Schimpftirade. »Von ihm hätte ich echt mehr erwartet. Ihr seid ja schon so lange zusammen ... Das ist einfach ..., mir fehlen echt die Worte. Das tut mir alles so unendlich leid für dich, Süße.« Cayla beugt sich zu mir und drückt mich ganz doll. Ich hole tief Luft und sauge ihr Mitgefühl in mich auf, was mir hilft, wieder etwas stärker zu werden.

»Was hast du nun vor? Also ich meine, dass du ausziehst und dem Kerl den Laufpass gibst, ist ja sowieso klar, doch willst du mit ihm eigentlich über das alles sprechen? Eigentlich sollte man das ja machen, wurde mir gesagt.« Ich denke nach, blicke auf mein Glas in der Hand und schwenke vorsichtig den Wein hin und her.

Ja, das sind echt gute Fragen. Was will ich eigentlich nun? Soll ich noch zu Aron fahren, in unsere Wohnung, und mich mit ihm aussprechen, bevor ich ausziehe? Ich habe bis heute auf keine Nachricht von ihm geantwortet und auch Jason nimmt seine Anrufe nicht mehr entgegen. Doch ich kann mich nicht ewig hinter meinem Bruder verstecken und so tun, als wäre das alles nicht passiert. Als hätte ich meinen Freund nicht beim Ficken mit einer anderen erwischt.

Mein Bauch beginnt zu grummeln als sich die Bilder aus dieser Nacht wieder in meine Gedanken schleichen. Schnell nehme ich einen kräftigen Schluck Wein, damit ich es besser verdrängen kann.

»Ehrlich gesagt, ich weiß es nicht. Ich sollte echt mit Aron sprechen, doch im Moment fehlt mir der Mut dazu. Ich kann nicht einmal auf seine Nachrichten antworten, ohne in Tränen auszubrechen.

Das schaffe ich noch nicht.« Cayla denkt nach und runzelt die Stirn. »Was ist, wenn du ihm einfach eine SMS schreibst und ihm sagst, was Sache ist. Dass du es weißt und ihn mit der anderen gesehen hast.«

»Aber per SMS ist doch doof«, murmle ich und spiele mit einer losen Haarsträhne. »Dann musst du ihn anrufen. Entweder - Oder, Süße. Auch wenn er ein Arsch ist, das hat er verdient und du brauchst es, um deinen Frieden zu finden und um von vorne anfangen zu können.« Vermutlich hat Cayla recht. Ich brauche diese Aussprache um ein neues Leben ohne ihn beginnen zu können. Jedoch zieht sich bei mir alles zusammen, wenn ich daran denke, mit Aron allein in einem Raum zu sein. »Ich schreibe ihm, dass ich noch Zeit brauche und das ich von seinem Seitensprung weiß, jedoch muss er mir noch Zeit geben, damit ich mit ihm sprechen kann.«

»Genau das machst du. Jetzt. Gleich.« Voller Tatendrang springt Cayla vom Sofa auf und steuert direkt auf meine Tasche zu.

Dort fischt sie mein Handy heraus, welches sie mir gleich darauf in die Hand drückt.

»Was? Jetzt?«, frage ich nervös und muss schlucken. »Ja, jetzt. Ich kenne dich, du machst es sonst wieder nicht und außerdem bist du gerade nicht allein. Ich helfe dir und stehe dir bei. Na los, mach die App auf und schreib ihm.« Caylas Worte und ihre Nähe helfen mir tatsächlich. Meine Finger wischen über das Handydisplay, ich öffne die Schreibapp und beginne zu tippen.

»Aron, ich weiß Bescheid. Ich konnte es mit eigenen Augen sehen, also musst du nichts leugnen. Hab Verständnis, dass ich dich gerade weder sehen noch hören will. Ich bin gut untergekommen, komm jedoch nicht auf den Gedanken mich aufzusuchen. Wenn ich bereit bin zu reden, dann melde ich mich. Bis dahin will ich nichts von dir hören. Hör auf, mich anzurufen oder mir zu schreiben. Es ist aus, egal was du versuchst«, spreche ich während des Schreibens mit.

Cayla nickt am Ende und meint: »Das hast du aber viel zu nett geschrieben, soll ich es nicht doch noch etwas abändern?«

Mit einem schiefen Grinsen schüttle ich den Kopf und drehe mich mit meinem Handy etwas auf die Seite, damit sie nicht auf die Idee kommt es mir aus der Hand zu reißen. »Ne, nix da. Ist auch schon versendet.« Als ich das ausspreche, blicke ich staunend auf mein Display.

Ich habe es wirklich gerade abgeschickt und mir fällt ein Stein vom Herzen. Meine Freundin hatte recht, es geht mir danach besser.

»Sehr gut, na dann, lass uns auf deinen Mut anstoßen. Machen wir dieses Arschloch fertig!« Lachend nehme ich mein Glas in die Hand und stoße mit Cayla an. Sie ist echt verrückt.

»Danke, für den Arschtritt, den habe ich gebraucht.« Wir leeren unsere Gläser und schon schenkt sie uns Wein nach.

»Auf die Freiheit, auf das Leben und auf eine neue Liebe!«, spricht Cayla einen Toast aus und sofort spielt sich ein ganz bestimmtes Bild vor meinem inneren Auge ab.

Hero.

11. Kapitel

Saskia

Alter Schwede.

Das letzte Glas Wein muss wirklich schlecht gewesen sein, denn ich sehe alles doppelt!

Der Taxifahrer, welcher mich nun mitten in der Nacht nach Hause fährt, hat es mit mir nicht einfach. Mir ist zwar nicht übel oder so, aber ich kichere ununterbrochen und rede wie ein Wasserfall. Der hat bestimmt, nachdem ich ausgestiegen bin, ein Pfeifen in den Ohren.

»Meine Freundin isch nun auf der Causch eingeschlafen, drum will isch nach Hausche. Doch eigentlich ist es nicht meins, denn isch bin gerad bei meinem Bruder im Asyl …« Ich erzähl dem armen Kerl wirklich alles. Als Antwort bekomme ich immer nur ein tiefes Brummen. »Verschtehst du misch?«, frage ich daher prompt. Er zeigt mir nur seinen hochgestreckten Daumen, was mich wieder zum Lachen bringt. »Wir sind da«, meint der Taxifahrer einige Minuten später.

Wer von uns beiden ist gerade glücklicher, dass ich aussteigen kann?

Ich reiche dem Mann das Geld für die Fahrt und verabschiede mich überschwänglich. Kaum, dass die Tür geschlossen ist, braust er auch schon davon. Na, der hat es aber eilig zu seinem nächsten Kunden zu kommen, denke ich.

Mit einem Schulterzucken wende ich mich nun dem Wohngebäude zu und blicke hinauf. Überall ist es stockfinster. Keine Menschenseele ist mehr in diesem Wohnblock munter. Außer ich, natürlich. Was mich wieder zum Lachen bringt.

Schwungvoll hänge ich mir meine Tasche um und steuere auf die Tür zu. Gut, dass ich einen eigenen Schlüssel bekommen habe. Mit etwas ungeschickten Händen öffne ich Minuten später die Tür und stehe nun im Treppenhaus. Jetzt nur noch hochgehen, denke ich.

Stufe für Stufe steige ich nach oben. Meine Beine werden immer schwerer und müder. Keuchend komme ich vor Jasons Wohnung an. Ich beuge mich etwas über das Treppengeländer, bis mir plötzlich eine Bewegung neben mir bewusstwird.

Mein Mund schreit schneller laut auf, als meine Augen erkennen können, wer oder was sich da in meiner Nähe befindet. Bevor ich dann den ganzen Wohnblock aufwecke, werden mir raue, sehr kräftige Hände auf den Mund gepresst. Erschrocken keuche ich und reiße meine Augen ganz weit auf. Fuck, warum habe ich niemals einen Selbstverteidigungskurs besucht.

Ich versuche mich von diesen Händen zu befreien und setze meine Fingernägel ein. Sofort wird neben mir geschimpft und letztendlich werde ich losgelassen. Gut, dass ich noch halbwegs standfest bin, sonst wäre ich die Stufen wie ein schwerer Kartoffelsack nach unten gekullert.

»Bist du irre?«, zischt eine männliche Stimme. Eine mir sehr bekannte Stimme, auch wenn ich nicht viel mit ihm rede. »Verfluchte Scheiße, Hero!«, brülle ich etwas zu laut, da von ihm sofort ein „Scht!" ertönt. Ich winke mit der Hand ab und verdrehe die Augen.

»Wie kannst du mich hier, mitten in der Nacht so erschrecken. Ich dachte, du bist ein notgeiler Perversling, der mich überfällt und mich hinter den nächsten Busch zerrt!« Wenigstens hatte der Schock ein gutes, meine Zunge scheint wieder richtig zu funktionieren. »Und ich dachte, du willst mich ausrauben.«

Was für ein blöder Gedanke von ihm, wie soll ich zierliches Wesen sowas nur schaffen. Ich gebe ihm einen Klaps auf die Schulter, lache und sage ihm genau diese Worte. Jetzt ist er es, der seine Augen verdreht.

»Was machst du wirklich hier draußen? Stalkst du mich etwa?« Ich weiche bei meiner Frage automatisch einen Schritt zurück. »Du hast echt einen Knall. Ich bin einfach eben hier, na, weil ich hier bin.« Was soll das den bedeuten? Ich verenge meine Augen und trete näher an Hero heran. Er sieht wie immer sehr gut aus, duftet nach einem herben männlichen Aftershave und nach Rauch.

Genauso kann ich den Duft des Alkohols an ihm erkennen. Mit dem Finger zeige ich auf ihn und muss Grinsen. »Du warst aus und kannst nicht mehr die Tür öffnen.« Ich bekomme einen Lachanfall und muss mir den Bauch halten. Wenigstens bin ich nicht allein mit meinem Schwips. Hero antwortet nicht, sondern lässt in seiner Hand spielerisch den Schlüssel drehen und sperrt danach geschickt die Tür auf. Ein anerkennender Pfiff kommt mir über die Lippen.

Hero grinst diabolisch und öffnet mir die Tür. Er tritt zur Seite und lässt mich wie ein

Gentleman als Erste hineingehen. Schritt für Schritt gehe ich auf ihn zu und merke dabei, dass ich die Luft anhalte. Unsere Blicke haben sich ineinander verhakt und ein magisches Knistern ist zwischen uns zu spüren. Mein Mund wird trocken und mein Herz pumpt zehnmal so schnell wie normalerweise. Umso näher ich ihm komme, umso deutlicher kann ich die Hitze spüren, welche sein Körper ausstrahlt.

Als ich ihm genau gegenüberstehe, verharre ich in der Bewegung. Wie angewurzelt stehe ich da und sehe ihm dabei ganz tief in die grünen Augen. Sein Blick wird immer sinnlicher und seine Pupillen verdunkeln sich. Aus dem schönen Moosgrün wird ein Dunkelgrün, welches vor Begehren und Lust schreit. Eine Gänsehaut zieht sich über meinen Körper. Es wird für mich immer schwieriger ihm nicht noch näher zu kommen. Meine Fingerspitzen möchten ihn berühren, über seine Haut streichen und durch seine kurzen Haare, was bestimmt ein erotisches

Kribbeln in meinen Handflächen erzeugen würde.

Mit der Zungenspitze befeuchte ich meine trockenen Lippen. Ich sehe, wie Heros Augen der Bewegung meiner Zunge folgen. Und dann geht alles ganz schnell.

Gleichzeitig preschen unsere Körper nach vorne, was uns laut aufkeuchen lässt, da uns für einen Moment die Luft wegbleibt. Doch wir geben dem Schmerz des Zusammenstoßes keine Chance, sondern lassen die Lust siegen, welche wie eine Bombe explodiert. Als seine Lippen auf meine treffen, ist es, als ob ein Tsunami mich mitreißen würde.

In meinem Körper spielen die Hormone verrückt. Alles an und in mir beginnt zu kribbeln und es fühlt sich an, als ob Ameisen durch mich hindurchlaufen würden. Immer fordernder nehmen mich Heros Lippen in Beschlag. Immer schneller und wilder wird unser Kuss.

Hero packt mich fest an den Hüften und drückt mich gegen seinen Körper. Ich kann genau spüren, was unser heißer Kuss mit ihm anstellt und dieses Wissen macht mich ziemlich an. Fest vergrabe ich meine Hände in seinen Haaren, lasse ihn meine Fingernägel spüren, was er mit einem Stöhnen quittiert.

Gerade als ich denke, wie wir es wohl am besten in sein Zimmer schaffen, lässt er mich abrupt los. Ich taumle zurück und finde zu meinem Glück am Türrahmen Halt. Nach Luft schnappend sehe ich ihn verwundert an. Auch Hero muss erst einmal zu Atem kommen, wie es aussieht, doch leider kann ich auch sehen, wie er meinem Blick ausweicht und sich fahrig mit den Händen über das Gesicht wischt. Sofort ist mein Hochgefühl weg. Zerplatzt wie eine empfindliche Seifenblase.

Meine Unterlippe beginnt zu zittern, meine Sicht verschwimmt und bevor ich mir hier vor ihm die Blöße gebe und beginne zu weinen, stürme ich an ihm vorbei in die Wohnung und steure das Badezimmer an.

Ich merke, wie Hero nach meiner Hand greifen will, doch ich bin schneller als er. Viel zu laut für diese Uhrzeit, knalle ich die Badezimmertür zu und lasse mich gegen die Tür sinken. Fest kneife ich meine Augen zusammen und versuche die angestauten Tränen zu verscheuchen.

Ich will jetzt auf keinen Fall weinen. Nicht wegen etwas so Schönem.

Schritte sind hinter der Tür zu hören und ich ahne, nein, besser gesagt, ich weiß, dass Hero vor der Tür steht. Ein gehauchtes „Tut mir leid" dringt bis zu mir hindurch.

Für so einen schönen Kuss muss man sich nicht entschuldigen. Das macht es nur noch schlimmer und lässt es wie einen Fehler wirken.

Für ihn mag es einer gewesen sein, für mich sollte es ebenfalls einer sein. Ist es aber nicht.

Zum ersten Mal empfand ich dabei dieses magische Hochgefühl, das konnte nicht einmal Aron in mir hervorlocken. Jetzt ist das Glücksgefühl weg und wurde durch ein Tut-mir-leid beschmutzt.

Wie kann ich ihm morgen nur wieder in die Augen sehen?

12. Kapitel

Hero

Mit hängenden Schultern stehe ich vor der Tür. Ich kann Saskia schniefen hören, nachdem ich mich entschuldigt habe. Doch warum habe ich das nur getan? Wie dumm bin ich eigentlich?!

Dieser Kuss, unser Kuss, er hatte etwas, was ich noch nie bei einer Frau gespürt habe. Saskias Lippen haben mich mit jeder Bewegung verzaubert. Sie hat mir die Luft genommen und mich gleichzeitig freier Atmen lassen. Das klingt doch bescheuert, oder?

Aber genau so ist es gewesen. Als wäre in meiner Brust etwas erwacht, was ich tief in ihr versteckt hielt.

Nun habe ich keine Ahnung, was ich machen soll.

Sollte ich sie zwingen, dass sie mir die Badezimmertür öffnet, damit wir reden können? Oder soll ich einfach gehen? Stumm, und auch morgen über das alles schweigen?

Würde Jason davon Wind bekommen, er würde mich an Ort und Stelle kastrieren und das ohne Betäubung.

Ich muss das wieder richten und dafür sorgen, dass Saskia mir verzeiht. Einmal darüber sprechen und dann den zauberhaften Kuss in eine Schachtel sperren und in die hinterste Ecke in meinen Gedanken verbannen.

Sanft streiche ich mit der Hand über das Türblatt und schließe kurz die Augen. Eigentlich wäre ich gerne wieder in ihrer Nähe. Eigentlich will ich sie …

Aber ich kann nicht. Beziehungen sind nichts für mich. Das muss sie doch verstehen.

Meine Hand rutscht hinunter und ich gehe leise in mein Zimmer. Wie ich heute Nacht noch schlafen soll, ist mir ein Rätsel.

Verkatert, hundemüde und von einem Traktor überfahren.

Genau so komme ich mir gerade vor. Nur mühsam kann ich meine Beine dazu bringen, mich aus dem Bett zu befördern. Langsam erhebe ich mich. Das Zimmer schwankt leicht, mein Kreislauf ist im Eimer. Das liegt vermutlich nicht nur am Alkohol von gestern Abend, sondern auch daran, dass ich kaum geschlafen habe. Immer wieder kreisten meine Gedanken zu Saskia und unserem Kuss. Manchmal konnte ich sogar noch ihre sanften Lippen auf meinem Mund spüren. Ich muss echt mehr getrunken haben, als ich anfangs dachte.

In der Wohnung ist es still. Vermutlich sind beide bereits auf den Weg zur Arbeit.

Was mir sehr gut passt. So kann ich ein Treffen zwischen mir und Saskia noch hinauszögern.

Nur in Boxershorts gekleidet gehe ich aus dem Zimmer. Ich strecke mich einmal kräftig und gähne wie ein Königstiger. »Verdammt, bin ich müde. Da hilft nur schwarzer Kaffee«, spreche ich mit mir selbst. Gemächlich gehe ich in die Küche und bleibe prompt stehen. Wie angewurzelt stehe ich da und traue meinen Augen kaum.

Warum ist sie noch hier?

Und noch dazu in diesem Aufzug? Weiß sie denn nicht, dass ich noch hier bin, verflucht nochmal! Das kann sie mir doch nicht antun. Meine Männlichkeit regt sich und ist sekundenschnell erwacht und bereit. Mist.

Meine Augen wandern ihren geschmeidigen Körper hinunter. Mir wird der Mund trocken als meine Augen ihren Rücken hinab wandern, bis hin zu ihrem wohlgeformten Hintern. Knackig und stramm. Ich würde sie gern einmal in die Pobacke kneifen, nur um sie zu necken.

Saskia hat meine Anwesenheit noch nicht bemerkt. Sie steht mit dem Rücken zu mir und blickt aus dem Küchenfenster. Was ihr wohl gerade im Kopf herum schwirrt?

Noch einmal lasse ich meine Augen auf und ab wandern, bis ich erneut an ihrem Hintern Halt mache. Und plötzlich fällt mir dort etwas auf, was mich zum Schmunzeln bringt. Aus Versehen kommt ein Laut aus meinem Mund, da ich mir das Lachen nicht länger verkneifen kann. Ich sehe, wie Saskia zusammenzuckt. Dennoch dreht sie sich nicht um.

Also gehe ich in die Offensive und spreche sie an. »Arsch mit Ohren, hm?«, beginne ich meinen Witz. Grinsend blicke ich ihre süße Unterhose an. Diese ist mausgrau und hat doch tatsächlich ein Katzengesicht aufgemalt und oben am Hosenrand zwei kleine niedliche Ohren dran.

Es sieht lächerlich, kindisch und gleichzeitig auch so niedlich aus. Ich muss echt verrückt sein, wenn mich diese Katzenunterhose anmacht. Zu meinem Leidwesen gefällt es jedoch meiner unteren Region.

»Hier will wohl jemand witzig sein«, gibt sie miesgelaunt zurück. Wie kann ich es ihr verdenken nach gestern Abend? Ich räuspere mich und versuche nicht mehr auf ihre Katze am Arsch zu blicken.

»Das mit der Entschuldigung tut mir …«, möchte ich gerade sagen, doch Saskia schneidet mir das Wort ab. »Lass es einfach, Hero. Wir wissen beide, dass es ein Fehler war. Schreiben wir es auf die Liste von Alkoholausrutschern und gut ist. Niemand braucht es zu erfahren.« Jetzt erst dreht sie sich zu mir um und sieht mich an. Ihre Augen wirken müde und verletzt.

Ich habe sie verletzt und enttäuscht. Doch anstatt, etwas zu sagen, nicke ich einfach nur. Sofort kann ich sehen, wie

Saskias Haltung hängender wird. Nun ist sie noch enttäuschter.

Fest blicken wir uns in die Augen. Keiner von uns sagt auch nur ein Wort. Die Luft hier in der Küche wird immer schwerer und erdrückt mich fast. Ich ringe nach Luft und bevor ich erneut eine Dummheit begehe, - wie zum Beispiel auf sie zugehen, sie packen und wild zu küssen - drehe ich mich um und stürme aus dem Raum.

Wer braucht schon einen Kaffee um wach zu werden? Eine schnelle eiskalte Dusche tut es auch.

13. Kapitel

Saskia

Verdattert.

Ja, dieses Wort beschreibt meine Gefühlslage in diesem Moment wunderbar.

Wollte Hero eben so tun, als wäre nichts zwischen uns gewesen? Eigentlich sollte mich das erfreuen, tut es aber nicht. Mist.

Und dann auch noch dieser doofe Witz mit meiner – ja, ich gebe es auch zu – sehr kindischen Unterhose. Sie ist eben bequem und außerdem will ich damit ja keinen Mann beeindrucken.

Etwas verloren stehe ich nun in der Küche. Eigentlich sollte ich mich fertig machen für die Arbeit. Leider ist mir die

Lust noch mehr vergangen. Schnell fasse ich einen Entschluss, ich schreibe meinem Chef, dass ich später komme, dafür jedoch länger im Büro bleibe. Da er in dieser Hinsicht sehr kulant ist, bin ich mir sicher, dass dies so funktionieren wird.

Also gehe ich ins Wohnzimmer, wo sich mein derzeitiges Schlafzimmer befindet, greife nach meinem Handy und beginne zu tippen. Während ich so dastehe, kann ich das Rauschen der Dusche hören. Sofort bildet sich in meinem Kopf ein unverschämtes sexy Bild. Hero nackt in der Dusche.

Oh man, da wird mir augenblicklich heiß! Meine Fußsohlen beginnen zu jucken, so gerne würde ich zu ihm unter die Dusche gehen. Bevor ich diese Dummheit mache und mich damit blamiere, marschiere ich zurück in die Küche. Ich möchte Hero lieber aus dem Weg gehen, was sicher für uns beide eine große Hilfe sein wird.

In Gedanken versunken hebe ich meine Kaffeetasse an und möchte trinken, jedoch ist der Kaffee bereits kalt. Angewidert rümpfe ich die Nase, halte die Tasse über die Spüle und leere sie aus. Gerade als ich das mache, höre ich, wie sich die Badezimmertür öffnet. Sofort sind all meine Sensoren auf Alarmbereitschaft. Ich wage es nicht mich umzudrehen und zur Tür hinauszublicken. Also stehe ich wie in Stein gemeißelt da und warte bis Hero in seinem Zimmer verschwunden ist.

Sekunden darauf packe ich meine Klamotten für den Tag und renne ins Bad. Jetzt bin ich dran mit duschen und frisch machen. Außerdem kann ich so verhindern, ihn heute noch einmal zu sehen.

Wie wir die nächsten Tage und Wochen überstehen sollen, weiß ich heute auch noch nicht.

Tapfer habe ich mich den ganzen Tag im Büro geschlagen. So gut ich nur konnte verdrängte ich die Gedanken an Hero und unseren Kuss. Meine Freundin Cayla war mir jedoch in dieser Hinsicht keine große

Hilfe. Dieses kleine Luder, wie ich schon fast sagen muss, hatte sich nämlich krank gemeldet. Fast wäre ich lachend vom Stuhl gefallen, als mir das mein Chef gesagt hat. Anscheinend hatte sie am Abend mehr intus als ich.

Aus diesem Grund habe ich mich einfach noch mehr in meine Arbeit gestürzt. Ich habe sogar einiges von Cayla aufgearbeitet. Mein Chef war zufrieden mit mir und ich abgelenkt. Doch nun ist meine Arbeitszeit vorbei. Ich blieb schon länger im Büro, wegen meiner Verspätung am Morgen, jedoch habe ich diese Zeit bereits reingearbeitet. Jetzt muss ich Schluss machen.

Ich schalte den Computer aus und räume noch den Schreibtisch auf. Dabei lasse ich mir sehr viel Zeit. Ich will noch nicht nach Hause gehen, jedoch weiß ich auch nicht, was ich sonst machen soll. Zu Cayla will ich heute auch nicht und zurück in Jasons Wohnung, wo ich Hero sehe, will ich ebenfalls nicht.

Vielleicht gehe ich einfach etwas Essen und danach noch in einen Coffeeshop. Dort beobachte ich einfach Leute beim Vorbeigehen und schinde damit Zeit. Klingt aber irgendwie armselig.

Unentschlossen trete ich aus dem Bürogebäude hinaus, als ich merke, wie mein Handy in der Tasche vibriert. Ein Blick auf das Display sagt mir, dass Jason versucht hat mich anzurufen. Mit einem leicht mulmigen Gefühl ihm gegenüber hebe ich ab.

»Hey«, sage ich nur und sofort beginnt Jason mich mit Fragen zu Löchern. »Wo bist du denn? Musst du noch arbeiten oder bist du schon wieder weg? Ich bin gerade in der Wohnung und keiner ist da. Ich muss dringend mit dir sprechen und dir etwas sehr Wichtiges erzählen. Also, wo bist du und wie lange brauchst du, bis du hier bist?« Kurz bin ich von seinem Redeschwall überfordert.

»Wie wäre es, erst einmal mit einem netten „Hallo“ an deine Schwester, bevor du sie ausquetscht wie ein Polizist.«

»Hi, Saskia. Also, wo bist du gerade?« Ich muss schmunzeln, Jason muss mir vermutlich wirklich was Wichtiges sagen, sonst wäre er gerade nicht so aufgekratzt. »Eben erst aus dem Büro. Habe länger arbeiten müssen«, schwindle ich.

»Gut, dann komm bitte gleich nach Hause, ja? Ich muss dir echt dringend was sagen.« Ich runzle die Stirn. »Ist etwas passiert?«, frage ich, da ich ein komisches Gefühl im Bauch habe. »Nein, nein. Keine Panik. Nichts Schlimmes. Nur Positives. Bis gleich«, sagt er und legt auf. Verdutzt blicke ich mein Handy an. Der macht es aber spannend.

Da meine Neugierde siegt, gehe ich schnurstracks zur Bahn und fahre zur Wohnung. Mit jedem Meter, dem ich mich der Wohnung nähere, werde ich nervöser.

Hoffentlich will Jason nur mit mir sprechen, denke ich, als ich die Stufen hochgehe und die Tür aufsperre. Sofort nachdem er mich gehört hat, erscheint er im Vorraum. Er hat ein breites Grinsen im Gesicht und strahlt wie ein Kleinkind an seinem Geburtstag.

»Na, endlich. Dann sind ja alle da«, verkündet er und geht ins Wohnzimmer. Ich ahne, dass ich nicht allein sein werde bei seiner Verkündung. Mit klopfendem Herzen gehe ich ihm nach und erblicke, wie ich bereits vermutet hatte, Hero auf der Couch. Er sitzt dort und weicht meinem Blick aus. Obwohl ich eigentlich will, dass er mich ignoriert, gibt es mir dennoch einen Stich.

Verlegen räuspere ich mich und setze mich auf die andere Seite, damit genug Abstand zwischen mir und Hero ist. Hoffentlich macht das, meinen Bruder nicht misstrauisch, doch wie es aussieht, ist er viel zu aufgeregt, um überhaupt etwas mitzubekommen. Wie zum Beispiel die statische Aufladung im Raum, seitdem Hero und ich gemeinsam hier drinnen sind.

Jason geht in die Mitte des Zimmers und sieht uns abwechselnd an. Sein Grinsen wird immer breiter und kurz glaube ich, er ahnt, was zwischen mir und Hero war, jedoch verwerfe ich diesen Gedanken gleich wieder. Denn er würde darüber sicher nicht so strahlen.

»Wie Hero bereits weiß, musste ich heute zu unserem Chef.« Schnell blicke ich Hero an und dieser nickt Jason zu. »Dort habe ich dann super Neuigkeiten erfahren.«

»Ja, Mann, das dachte ich mir bereits. Du grinst wie auf Koks und das schon seit Stunden.« Hero klingt genervt und streicht sich mit der Hand über seine kurzen Haare. Die Geste lässt meine Handflächen kribbeln, denn ich weiß genau, wie sich das anfühlt. Sehnsucht packt mich und zieht mich in seine Nähe. Doch ich darf diesem Gefühl nicht nachgeben. Schnell blicke ich wieder zu Jason und verdränge die aufwallenden Gefühle in mir.

»Eifersüchtig?«, fragt Jason Hero. Dieser antwortet nur mit einem Schnauben, was

Jason zum Lachen bringt. »Jedenfalls, und jetzt kommt´s, ich werde für längere Zeit nicht hier sein.«

Wumm.

Was?!, kreische ich in meinem Kopf.

Mit geschockt großen Augen blicke ich ihn an. Das hat er doch nicht gerade wirklich gesagt, oder?

Mein Blick schweift zu Hero, der ebenfalls mit offenem Mund dasitzt und Jason anstarrt. Mein Bruder hat wohl mit einer anderen Reaktion unsererseits gerechnet, denn er sieht geknickt aus. Schlechtes Gewissen macht sich in mir breit, deswegen setze ich für ihn mein bestes künstliches Lächeln auf, erhebe mich und gehe auf ihn zu.

»Eine Geschäftsreise?«, frage ich mit glücklicher Stimme. Endlich kommt das Leuchten in Jasons Augen zurück. »Noch besser. Es ist ein mega Ding unserer Firma. Mein Chef war ja bereits von meinen letzten Projekten sehr begeistert und daher hat er mich ausgewählt mit ihm und seiner rechten Hand nach Washington zu fahren, um dort verschiedene neue Software zu testen und für unsere Firma zu erwerben. Es tut sich gerade sehr viel in unserer Branche und wir wollen weiterhin bei den Großen mitschwimmen.« Jason redet so schnell, dass ich fast nicht mehr mitkomme. »Also, eine Weiterbildung?«

Er lacht mich aus und schüttelt den Kopf. »Auch, nebenbei. Und eben zum Teil auch als Berater. Ich darf mitentscheiden, welche Software ab nächstem Jahr bei uns eingeführt wird und was sich sonst noch so ändern lässt. Das wird so aufregend!«

»Das klingt ja fantastisch«, versuche ich zu jubeln. »Wann fährst du denn?«

»Übermorgen geht es bereits los.«

Mir bleibt bei dieser Frage die Spucke weg. »Und wie lange wirst du weg sein?« Jasons Mund öffnet sich, ich kann es genau sehen, in meinen Ohren jedoch beginnt es zu rauschen. Alles passiert gerade wie in Zeitlupe. Mein Herzschlag setzt aus und eine Gänsehaut erscheint auf meinem gesamten Körper. »Für drei Wochen. Höchstens vier, meinte mein Boss.« Stille herrscht im Raum. Ich wage es kaum zu atmen, noch zu blinzeln. Auch Hero ist ganz still.

Ist er überhaupt noch hier?

Da keiner von uns etwas sagt, übernimmt Jason wieder das Reden. »Ihr zwei werdet es doch wohl ein paar Wochen ohne mich aushalten, ohne euch gegenseitig umzubringen?«, er fragt das im Scherz, lachen kann ich darüber leider nicht. Und umbringen werden wir uns garantiert nicht.

Vorsichtig luge ich über meine Schulter zu Hero. Er blickt ebenfalls in meine Richtung und als sich unsere Blicke treffen, haut es mich fast um. Sein Blick ist voller Erregung und Begierde.

»Wir werden ganz lieb zueinander sein«, flüstert Hero mit dunkler Stimme und unterbricht dabei keine Sekunde unseren Blickkontakt.

14. KAPITEL

Saskia

Nach dieser Nachricht kann ich kein Auge mehr zumachen.

Das Bier, welches uns Jason zur Feier des Tages in die Hand gedrückt hat, liegt mir schwer im Magen. Auch das bestellte Essen konnte mich weder überzeugen noch meinen Appetit anregen. Wie es aussah, erging es Hero genauso wie mir.

Dieser saß da, war geistig jedoch meilenweit weg. Ob er sich überlegt hat, wie er mir in den nächsten Wochen aus dem Weg gehen kann? Vielleicht rennt er ja morgen zu seinem Chef und schlägt diesem vor, ihn ebenfalls auf dieses Dingsda zu schicken.

Oh man, die Nachricht, dass Jason so lange nicht hier sein wird, hat mich so verwirrt, dass ich jetzt nicht einmal mehr weiß, warum er wegmuss.

Ich versuche mich in eine bequemere Position zu legen, leider lässt die Couch das nicht zu. Unangenehm drückt das harte Federding in meinen Rücken. Heute noch mehr, als die Nächte zuvor. Genervt stöhne ich auf, streiche mir mit der Handfläche über das Gesicht und setze mich auf. In den Schlafzimmern ist es ganz still. Es brennt auch kein Licht mehr, dass würde ich sonst auf dem Boden unter dem Türspalt erkennen können. Ich schiebe die Bettdecke weg und schwinge die Füße hinunter. Ein Glas Wasser könnte mir vielleicht helfen, denn kalte – und auch warme – Milch mag ich nicht. Allein der Gedanke an diesen Geschmack lässt mich kurz erschaudern.

Tapsend gehe ich in die Küche, versuche dort so leise wie nur möglich zu sein, und schenke mir kaltes Wasser in ein Glas. Ganz vorsichtig schließe ich dann wieder den Kühlschrank, drehe mich um und stehe einer schwarzen Gestalt gegenüber.

Gerade als sich meinen Mund für einen lauten Schrei öffnen möchte, werde ich gepackt und eine kräftige Hand wird mir auf die Lippen gepresst. Mit zittrigen Händen stehe ich da, unfähig zu schreien, doch mein Wasserglas lasse ich nicht los.

Meine Augen sind weitaufgerissen und gewöhnen sich an die Dunkelheit, welche zuvor vom Kühlschranklicht verdrängt wurde, und erkennen auf einmal die Gestalt, die mir so nahe ist.

Eigentlich hätte ich es wissen müssen. Mein Körper neigt sich regelrecht zu ihm hin. »Ich wollte dich nicht erschrecken«, flüstert mir Hero ganz nahe an mein Ohr. Sein warmer Atem streift dabei meine empfindliche Haut und lässt dadurch wohlige Schauer in mir entstehen. »Kannst du auch nicht schlafen?«, fragt er mich. Da seine Hand noch immer meinen Mund zuhält, schüttle ich stumm den Kopf. Normalerweise sollte ich jetzt seine Hand wegschlagen und ihn auf Abstand bringen, doch ich tue nichts dergleichen.

Erst als Hero seinen Blick senkt und auf meine Lippen geheftet hat, erkennt er, dass er mich noch immer berührt. Schnell lässt er die Hand sinken und weicht einen großen Schritt von mir zurück. Peinlich berührt räuspert er sich kurz und streicht sich mit einer Hand über den Kopf. »Sorry«, nuschelt er.

Jetzt weicht er meinem Blick aus, geht an mir vorbei und holt sich ebenfalls ein Glas Wasser. Schweigend sehe ich ihm dabei zu. Ich will etwas zu ihm sagen, will ihn fragen, was er denkt, wie es nun weitergehen soll, doch ich trau mich nicht. Wie ein eingeschüchtertes Mädchen stehe ich da und himmle meinen Schwarm an.

Heros Rückenansicht lässt wirklich keine Wünsche mehr offen. An seinem durchtrainierten Rücken kann ich Muskeln erkennen, wo ich nicht einmal ahnte, dass es diese dort gibt. Genüsslich lasse ich meine Augen über seinen Körper wandern und dabei wird mir immer heißer. Ich glaube, die Luft in der Küche wird gerade etwas wärmer. Fast bin ich versucht mir Luft zuzufächeln, lasse das dann jedoch, da es ziemlich auffällig wäre.

Langsam wandern meine Augen nach unten und entdecken zu meiner Freude, dass er nur in Boxershorts gekleidet vor mir steht. Jetzt wird mir nicht nur heiß, mir bleibt sogar die Spucke weg. Mein Mund klappt auf und ein zu lautes Keuchen, welches mich verrät, entweicht aus meinem Mund.

Hero dreht sich um und sieht mich skeptisch an, was ich jedoch gekonnt übersehe, da ich durch seine veränderte Position, nun eine herausragende Sicht auf sein bestes Stück habe. Erst sein Räuspern bringt mich dazu, den Blick anzuheben. Hero sieht mich mit einem Siegerlächeln an, welches mir die Schamesröte ins Gesicht treibt. Wie gut, dass es Nacht ist und sonst kein Licht im Raum an ist.

»Sobald wir allein sind und du mich so ansehen solltest, kann ich für nichts mehr garantieren«, knurrt er in einer Tonlage, welche mir eine Gänsehaut beschert. Wie Road Runner stürmt er an mir vorbei und hinterlässt nur noch einen kalten Windhauch, welcher mich in die Realität zurückbefördert.

Nicht mehr ganz so leise schließt er seine Zimmertür. Verwirrt gehe ich zurück ins Wohnzimmer, setze mich auf die Couch und starre vor mich hin.

Das Glas Wasser halte ich noch immer fest in den Händen, jedoch bezweifle ich, dass es mir jetzt noch beim Einschlafen helfen wird. Ein Glas Wein wäre sicher hilfreicher.

»Wie kann das sein, dass Sie jeden Tag immer später zur Arbeit kommen?«, mein Chef mustert mich eingehend. Er sieht mich mit einem Blick an, welcher mir das Blut in den Adern gefrieren lässt.

Ich öffne den Mund, um etwas zu sagen - mich zu erklären - doch er lässt mich nicht zu Wort kommen. »Haben Sie Probleme? Denn ich muss ehrlich sagen, dass Sie sehr mitgenommen wirken.« Seine Aussage trifft mich mehr, als sie sollte, weswegen ich auf den Schreibtisch blicke und ein paar Mal kräftig blinzle, damit mir keine Träne entwischt. »Ich wollte Sie nicht kränken oder Ihnen zu nahetreten«, meint er gleich darauf. Er ist normal ein echt netter Kerl. Lässt uns sehr viel Freiraum, was die Arbeitszeit betrifft, dennoch will er Leistung sehen und diese bringe ich seit den letzten Tagen kaum.

»Ich ... Mein Leben ist gerade kompliziert, verstehen Sie? Ich habe ... meinen Freund ... also ...«, stammle ich nervös vor mich hin und fummle dabei am Saum meines Shirts herum. »Sie müssen mir nichts weiter erklären. Ihre Haltung und das alles lässt mich erahnen, was passiert sein könnte. Ich möchte Ihnen sagen, dass ich es verstehe, dennoch darf die Arbeit nicht darunter leiden. Wenn Sie wollen, nehmen Sie sich ein paar Tage frei, um den Kopf wieder frei zu bekommen und mit neuer Energie in den Tag starten können.« Dies ist eigentlich ein guter Vorschlag. Fast bin ich versucht, das Angebot anzunehmen, bis mir Hero in den Sinn kommt.

Jason wird morgen fliegen, was heißt, dass ich nur noch wenige Stunden habe, in denen ich nicht mit Hero allein bin. Dieser Gedanke reicht aus, um meinen Puls zu beschleunigen. »Nein, danke für das Angebot, aber ich … ich schaffe das auch so. Ich lasse Privates zu Hause und mache hier meine Arbeit. Versprochen.«

Mit einem skeptischen Blick betrachtet mich mein Chef noch einen Moment, bevor er dann mit einem Nicken aus dem Büro geht. Er und Cayla geben sich die Klinke in die Hand. Unser Chef geht raus und Cayla kommt wieder herein. »Was wollte er denn?«, flüstert sie, als er in seinem Büro verschwunden ist. »Ach nichts«, winke ich ab. »Er hat es gut gemeint und wollte mir frei geben.«

»Hast du ihm erzählt, was passiert ist?« Cayla starrt mich mit großen Augen an. Über ihren Gedanken kann ich nur lachen. »Bist du bescheuert? Ich erzähl doch dem Chef nicht alles aus meinem Privatleben, er hat eben gemerkt, dass was nicht stimmt und als ich begonnen habe zu stammeln, konnte er sich eins und eins zusammenreimen.«

Cayla nickt zufrieden. »Und ich dachte schon, du hast eine neue Freundin gefunden.« Ihr freches Augenzwinkern in Kombination mit dieser Aussage bringt mich so sehr zum Lachen, dass ich mir den Bauch halten muss.

»Jetzt mal Butter bei den Fischen, wir könnten doch wieder ausgehen. Das würde dich auf andere Gedanken bringen und vielleicht lässt dich ein anderer alles vergessen.« Ich weiß, dass Caylas Vorschlag lieb gemeint ist, aber sowas kann ich nicht.

Und schon gar nicht, nach so kurzer Zeit. Außer bei Hero schreit mein Unterbewusstsein.

»Ich weiß nicht. Das will ich noch nicht. Ein anderes Mal, okay? Außerdem will ich heute noch mit Jason den Abend verbringen. Er fährt nämlich für ein paar Wochen auf eine Fortbildung, oder so.«

»Oh, dein Bruder verreist? Dann bist du ja ganz allein in der Wohnung.«

»Nein, bin ich nicht«, sage ich, ohne groß darüber nachzudenken. »Hero ist ja noch da.« Caylas Kopf schnellt so schnell nach oben, dass ich Angst habe, sie könnte sich einen Wirbel auskugeln. »Wie bitte? Ich glaube, dass ich mich gerade bei dem Namen verhört habe. Hero? What the fuck! Wer ist das, Saskia?«

Verfluchter Mist.

Jetzt ist die Kacke am Dampfen.

Ich muss Cayla jetzt von Hero erzählen, ohne dass ich befürchten muss, von ihr gestalkt zu werden. Also ergebe ich mich meinem Schicksal, da ich zu dumm war, meine Gedanken an Hero bei mir zu behalten, und erzähle meiner Freundin alles über ihn.

Über unser erstes Treffen im Club, wie er mit mir geflirtet hat und wie bereits damals die Chemie zwischen uns stimmte. Wie ich Hero plötzlich bei Jason in der Wohnung sah und am liebsten flüchten wollte. Ich erzähle ihr auch, dass ich mich in seiner Gegenwart immer so mega peinlich benehme und dass ich bereits deswegen einige Male in seinen Armen gelegen bin. Und als wir uns küssten. Wenn ich daran zurückdenke, spüre ich noch immer dieses Kribbeln auf meinen Lippen.

Wie von allein wandert meine Hand zu meinem Mund und ich streiche sanft mit dem Zeigefinger darüber.

»Oh oh«, erklingt Caylas Stimme. »Ich sehe da einen Funken in deinen Augen. Du bist frisch verliebt!«

»Was?! Nein, das ist nur eine Schwärmerei sonst nichts.« Ich versuche alles zu verharmlosen, denn es kann doch nicht normal sein, wenn man seinen jahrelangen Freund beim Sex mit einer anderen erwischt und sich wenige Tage danach gleich frisch verliebt. Das ist sicher nur so eine Verteidigungsreaktion des Körpers und der Seele. Schließlich wurde mir das Herz gebrochen.

»Und warum hast du mir dann bis jetzt nichts von Hero erzählt?« Gute Frage. Nächste bitte.

Heute Morgen habe ich mich an der Wohnungstür von Jason verabschiedet. Hero war nicht dabei, er war laut Jason bereits im Büro. Mir sollte es eigentlich recht sein, dennoch verspürte mein dummes Herz einen leichten Stich.

Mittlerweile sind neun Stunden vergangen. Ich bin fertig mit der Arbeit und auf dem Weg nach Hause. Noch immer klingt diese Bezeichnung „nach Hause" merkwürdig, denn es ist nicht mein Zuhause. Das war einmal die Wohnung von Aron und mir, jetzt habe ich keine mehr. Es wird wirklich Zeit mir meine eigenen vier Wände zu besorgen. Doch davor muss ich mich wohl oder übel noch mit Aron auseinandersetzen.

Seit dieser besagten Nacht und der SMS, die ich ihm danach geschrieben habe, habe ich nichts mehr von ihm gehört. Ich glaube, meine Worte haben bei ihm Wirkung gezeigt, obwohl es auch irgendwie schön gewesen wäre, wenn er um mich und meine Liebe gekämpft hätte. So wirkt es für mich, als wäre ich und unsere gemeinsame Zeit nichts wert gewesen.

Dieser Gedanke tut verflucht weh.

Ich fische mein Handy aus der Tasche und blicke auf das Display. Keine verpassten Anrufe oder Nachrichten. Auch keine eingegangene Email von Aron, lediglich mein Bruder hat sich vor kurzem bei mir gemeldet, dass alles in Ordnung sei und er gut angekommen ist. Er würde sich bald wieder melden, stand des Weiteren in seiner Nachricht. Doch keine von Aron. Ich weiß echt nicht, was ich davon halten soll.

Eigentlich will ich ihn – einen Fremdgeher – nicht wieder zurück. Jedoch hätte er mir gegenüber Reue zeigen können.

In Gedanken versunken stecke ich das Handy zurück in die Tasche und steige bei meiner Haltestelle aus. Etwas geistesabwesend gehe ich die Straße entlang und betrete den Wohnblock. Erst als ich die Wohnungstür öffne und mir der leckere Duft von chinesischen Essen in die Nase steigt, komme ich in die Realität zurück.

Mein Magen fängt sofort laut zu knurren an und mir läuft das Wasser im Mund zusammen, doch auch ein Kribbeln und ein nervöses Ziepen ist in meinem Bauch zu spüren, da es nur eine Person gibt, die das Essen besorgt haben könnte.

15. Kapitel

Hero

Das Essen soll ein Friedensangebot meinerseits sein.

Ich habe mich Saskia gegenüber mehr als nur einmal wie das größte Arschloch benommen. So etwas will ich einfach nicht. Ich mag sie nämlich wirklich, zwar nur als gute Freundin, denn für eine Beziehung bin ich einfach nicht zu haben.

Als ich höre, wie der Schlüssel im Schlüsselloch umgedreht wird, werde ich doch etwas nervös. Keine Ahnung warum, denn dieses Essen soll von Freund zu Freund geschehen.

Schnell richte ich noch das Besteck und stelle die Gläser auf ihren Platz, als Saskia mit einem sehr skeptischen Blick in die Küche kommt. Keiner von uns beiden sagt anfangs etwas, wodurch eine drückende Stille entsteht. Bevor die Situation noch unangenehmer wird, räuspere ich mich und versuche Saskia anzulächeln. »Ein Friedensangebot«, krächze ich, was mir sehr unangenehm ist. Mit fahrigen Händen streiche ich mir über das Gesicht, schließe für eine Sekunde meine Augen und beginne von neuem.

»Eine kleine Überraschung für dich. Ich möchte wirklich, dass wir Freunde werden und ich verspreche dir auch, mich nicht mehr wie ein Arschloch zu benehmen, sondern dich zu respektieren.« Saskia steht mit offenem Mund da und sieht mich an, als ob ich eine Fata Morgana wäre. Sie glaubt mir nicht.

»Ähhh«, stottert sie und blickt zwischen mir und dem Tisch hin und her. Endlich findet mein Gehirn seine nützliche Funktion wieder und es kommt Bewegung in mich. Ich gehe auf Saskia zu und sie weicht nicht vor mir zurück, was ich als gutes Zeichen werte. Meine linke Hand legt sich auf ihren Rücken und ich schiebe sie auf den Tisch zu. Nett wie ich heute bin, helfe ich ihr auf den Stuhl und rücke ihn ihr wie ein Gentleman zurecht. Verdattert beobachtet sie jeder meiner Bewegungen, was mir ein kleines Triumphgefühl zaubert. »Wein oder Bier?«, frage ich sie und gehe auf den Kühlschrank zu.

»Bier«, antwortet sie leise. Mit einem strahlenden Lächeln nehme ich zwei Flaschen aus dem Kühlschrank, öffne diese und überreiche ihr ihres. »Auf einen Neubeginn«, meine ich und halte ihr meine Bierflasche zum Anstoßen hin. Zuerst glaube ich schon fast, sie stößt nicht mit mir an, doch dann huscht ein wunderschönes Lächeln auf ihr Gesicht. Tief blickt sie mir in die Augen, was mich etwas ins Schwitzen bringt. »Auf Neues, Altes und Zukünftiges«, haucht sie vielversprechend und bevor ich meine guten Vorsätze ihr gegenüber über Bord werfe, trinke ich einen großen Schluck und verteile das chinesische Essen auf unseren Tellern.

Solange meine Hände was zu tun haben und meine Gedanken bei der Ausführung der Aufgaben sind, werde ich nicht länger an Saskias anziehende Lippen denken. Oder einfach direkt über sie herfallen.

Mein Vorsatz, sie in Ruhe zu lassen und ihr ein guter Freund zu sein, wird schwieriger, als ich dachte.

»Wollen wir eine Runde fernsehen?« Warum klingt diese Frage in meinen Ohren so bescheuert? Im Geiste verdrehe ich die Augen und hoffe sehr, dass es bei Saskia nicht so erbärmlich rüberkommt, wie es klingt. Diese blickt gerade von ihrem Teller zu mir hoch. Wir haben wirklich schön gemeinsam zu Abend gegessen. Es war manchmal still um uns, als ob jeder die Anwesenheit des anderen genießen würde, dennoch entstand kein peinlicherdrückendes Schweigen zwischen uns. Hin und wieder haben wir uns über Kleinigkeiten ausgetauscht. Smalltalk eben.

Jetzt bin ich dabei, meinen leeren Teller abzuräumen und auch die Schachteln von dem chinesischen Essen zu entsorgen. Saskia hatte, wie es aussieht, sehr großen Hunger gehabt. Ob sie in der Arbeit keine Mittagspause macht? Darüber muss ich mit Jason sprechen, denn ich hatte letztens bereits den Eindruck, dass sie zu wenig isst.

»Bist du satt geworden?«, frage ich sie, während ich abräume. Saskia lächelt mich an, kaut ihren letzten Bissen und schluckt diesen hinunter.

»Danke, pappsatt würde ich sagen. Wenn das jeden Tag vorkommt, brauche ich bald eine extra Schicht in einem Fitnessstudio«, witzelt sie. Ich betrachte ihren Körper und kann kein Gramm zu viel an ihr entdecken. »Das wird nicht passieren, so schlank wie du bist.« Saskia zieht eine Augenbraue nach oben und verschränkt ihre Hände vor der

Brust. O ha, das war wohl die falsche Wortwahl meinerseits.

»Bin ich etwa zu dünn?« Kapitulierend, da ich bei keiner Frau der Welt dieses Thema anschneiden möchte, hebe ich beide Arme. »Weiße Flagge! Bitte um Verzeihung, so war das nicht gemeint. Du bist perfekt, dein Körper ist ... ähm, also ... Nein, du siehst gut aus. Alles stimmt an dir«, stammle ich hilflos. Saskias Lachen erlöst mich von meiner Peinlichkeit.

»Oh, wie süß du sein kannst, wenn du denkst, du hast eine Frau beleidigt. Eins zu null für mich, würde ich sagen.« Dieses freche Luder hat mich gerade eiskalt vorgeführt! Ich sollte sauer sein, doch ich beginne lauthals zu lachen. »Dafür darf ich den Film auswählen.«

»Keine Chance«, sagt sie keck und spaziert mit schwingenden Hüften aus der Küche. Bei diesem Anblick bleibt mir glatt die Spucke weg.

16. Kapitel

Saskia

Ich kann Heros Blick auf mir spüren, während ich aus der Küche gehe. Der Gedanke, dass seine Augen auf meinem Hintern kleben, lässt mein Herz schneller schlagen und bringt mein Blut zum Kochen. Möglichst lässig marschiere ich ins Wohnzimmer und steuere die Wohnwand an, in der sich die ganzen DVDs meines Bruders befinden.

Eigentlich sollte man meinen, dass eine Filmauswahl leicht zu sein scheint. Doch weit gefehlt! Es ist für mich gerade sehr schwer einen passenden Film zu finden. Denn ich will auf keinen Fall einen, in dem wilde und heiße Sexszenen zu sehen sind, auch keine Knutschszenen oder allgemein gesagt, Liebesfilme.

Das Essen mit Hero war gerade so entspannt und angenehm, das will ich nicht mit dem falschen Filmtitel ruinieren. Natürlich konnte ich auch während unserer sehr normal gehaltenen Gesprächsthemen die Schwingungen spüren, doch ich habe mich zurückgehalten, was auch Hero getan hat. Seinen Flirtblick hat er, wie es scheint heute begraben.

Was für uns beide nur das Beste ist.

Mit dem Zeigefinger fahre ich hin und her, lese jeden Titel und überlege dabei, um was es sich in dem Film dreht. Die meisten kenne ich bereits, daher weiß ich auch, dass achtzig Prozent - wenn auch nur sehr kurze Szenen – Küsse und verführerische Berührungen enthalten. Denn auch wenn Jason auf Actionfilme und so steht, am Ende bekommt der Held immer eine heiße Frau.

Da ich mir jedoch die peinliche Stille währenddessen im Raum ersparen möchte, werde ich wohl oder übel auf einen Horrorstreifen zurückgreifen müssen. Auch wenn ich diese überhaupt nicht leiden kann.

»Auf welchen hättest du denn Lust?«, frage ich Hero. Vielleicht wüsste er eine gute Wahl. »Du hast vorhin gewonnen, also darfst du auch allein aussuchen«, ruft er aus der Küche zurück. Ich kann noch immer das Klappern des Geschirrs hören. Ob er Zeit schindet? Denn wir haben nicht viel Geschirr verwendet beim Essen.

Als ich minutenspäter Schritte hinter mir höre und ich noch immer keine DVD in den Händen halte, schnappe ich mir spontan die erste, die mir ins Auge sticht. Auf dem Bild vorne ist ein junges Mädchen mit schwarzen Haaren darauf, welche dabei ist mit geistesgestörtem Blick aus dem Fernseher zu schauen. Allein dieses Bild macht mir schon Angst.

»Wie wäre es mit dem hier?« Entschlossen halte ich ihm die Hülle hin, Hero nickt und lässt sich auf das Sofa nieder.

»Wie du wünschst. Hätte dich echt nicht für eine Horror-Braut gehalten. Dachte schon, du kommst mir jetzt mit einer doofen Schnulze daher.« Oh, wie gerne ich so eine sehen würde. Mit einem Kloß im Hals lacht es sich über seinen nicht so komischen Witz, schwer. Daher zeige ich Hero ein schiefes Lächeln und lege die CD in den DVD Player hinein.

Bevor ich mich setze, steht Hero erneut auf, geht noch einmal in die Küche und bringt uns zwei kühle Flaschen Bier und eine Schüssel Popcorn mit. »Du hast echt an alles gedacht«, sage ich voller Bewunderung.

Wie kann er nur mit so einfachen Dingen mein Herz erobern? Bin ich mittlerweile so leichte Beute?

Eine Antwort auf meine Fragen bekomme ich nicht mehr. Hero schaltet noch schnell das Licht im Wohnzimmer aus und startet den Film. Bereits der Anfang beginnt mit so einer unheilvollen Musik, dass ich sofort eine Gänsehaut davon bekomme. Ich kann fast nicht zum Bildschirm sehen, da man bereits an der Musikwahl erkennt, dass bald etwas Grauenhaftes passieren wird.

Hero scheint das nicht zu stören, sein Blick ist auf die Glotze geheftet. Nur ab und an hebt er seine Hand, um einen Schluck von seinem Bier zu trinken. Der Film wird mit jeder Minute spannender, was meine Nerven nicht mitmachen. Ich gucke zwar nach vorne, doch meine Augen sehen meist nur den Boden. Warum habe ich diesen verdammten Film ausgesucht?

Ich weiß jetzt schon, dass ich heute Nacht kaum ein Auge zu machen werde. Mein Nervenkostüm ist nicht für solche Art von Unterhaltung ausgerüstet.

Plötzlich wird die Musik lauter und ein markerschütternder Schrei ist aus dem Fernseher zu vernehmen. Genauso wie ein lauter Schrei aus meiner Kehle kommt. Vor

Schreck springe ich hoch und verschütte dabei das Bier auf meiner Hose.

Hero reagiert schnell, schnappt sich die Fernbedienung, schaltet den Film aus und macht das Licht im Raum an.

Mit einem verschmitzten Lächeln steht er im Zimmer und betrachtet mich. Bestimmt bin ich bleich wie eine Leiche und habe weitaufgerissene Augen, als ob gerade eine Monsterspinne im Wohnzimmer wäre.

Ich kann sehen, wie Hero das Lachen niederkämpft. »Warum wolltest du diesen Film sehen?«, fragt er mich. Mir fällt keine passende Antwort ein, weswegen ich nur mit den Schultern zucke, was das Fass bei Hero vermutlich zum Übergehen bringt, denn er fängt laut an zu lachen. Sein Lachen ist rau und so verdammt sexy, nebenbei auch noch ansteckend, weshalb ich mitlachen muss.

»Und ich dachte, ich wäre heute einmal nicht peinlich«, gestehe ich kleinlaut und spüre, wie die Hitze in meine Wangen kriecht.

Auf einmal ist Heros Lachen erloschen, er sieht mich mit dunklen Augen an, was mir automatisch einen wohligen Schauer über den Rücken jagt. In Sekundenschnelle hat sich die Temperatur in unserer Umgebung verdreifacht.

»Ich suche nun einen aus«, erklärt er mit belegter Stimme. Hero wendet sich dem Regal zu und ich stehe da, mit halber Schnappatmung und weiß nicht was ich machen oder sagen soll. Bis mir wieder einfällt, dass ich mich mit Bier befleckt habe.

»Ich ziehe schnell eine andere Hose an.« Fast scheint es, als rede ich mit einer Wand, denn Hero reagiert nicht auf mich.

Als ob er mich ignorieren würde.

Mit gemischten Gefühlen gehe ich in Jasons Schlafzimmer, denn solange er weg ist, darf ich es benutzen und hier drinnen schlafen.

Ich habe mich für meine lange Schlafhose entschieden. Wenn ein Mann etwas nicht sexy findet, dann sind es diese Hosen. Mit aufgeregtem Herzklopfen öffne ich die Tür und gehe zurück ins Wohnzimmer.

Der Fernseher läuft und Hero starrt wie gebannt auf den Bildschirm. Soll ich wieder gehen und ihn allein lassen?

Doch eigentlich möchte ich das nicht. Ich will ja Zeit mit ihm verbringen, was komisch klingt. Denn er hat bis jetzt vieles getan, damit ich ihn meide. Erst seit wenigen Stunden scheint er meine Anwesenheit zu genießen, obwohl, so wie es sich gerade anfühlt, hat er diesbezüglich seine Meinung erneut geändert.

Mit einem Räuspern mache ich ihn auf mich aufmerksam. Hero dreht den Kopf in meine Richtung und lächelt mich dabei sanft an. Sofort macht mein Herz einen Salto und mir fällt eine Last von den Schultern. Keine Ahnung wie ich reagiert hätte, wenn er mich weiterhin ignoriert oder mich gar weggeschickt hätte.

Ungeschickt lasse ich mich auf die Couch nieder und nehme mir meine Bierflasche vom Tisch. Eigentlich will ich ganz cool einen Schluck trinken, doch meine Hände zittern gerade so extrem – dabei sieht man erst, wie angespannt ich bin – dass ich aufpassen muss, damit ich nicht erneut etwas verschütte.

Hero nimmt die Fernbedienung in die Hand und zappt durch die verschiedensten Kanäle. »Ich konnte mich für keinen neuen Film begeistern«, sagt er, »deswegen dachte ich, wir sehen mal, was sonst so läuft.«

Mir soll es recht sein. Schweigsam zappen wir uns durch die Programme, können aber nichts Passendes finden. Überall laufen so langweilige Reality Shows. Mal ehrlich, kein Mensch will sowas sehen.

»Lauter Mist«, spricht Hero meine Gedanken aus. »Was nun?« Auf seine Frage habe ich keine Antwort und die, die mir in den Sinn kommt, wäre überhaupt nicht nach seinem Geschmack. Da ich ihm nicht antworte, wendet er sich mir zu. Gerade bin ich dabei mir mit der Zunge über die Lippen zu lecken, was sein Blick sofort einfängt und seine Pupillen vergrößern lässt. Kurzzeitig lassen mich seine dunklen Augen innehalten und meine Atmung einstellen.

Ein Keuchen entweicht mir, als ich gierig nach Luft schnappe. Für Hero klingt das anscheinend wie eine Einladung. Schnell wie der Blitz überwindet er die Distanz zwischen uns, packt mich mit einer Hand an der Hüfte, zieht mich zu sich und legt mir die andere Hand auf den Hinterkopf.

Hart prallen unsere Lippen aufeinander, doch das ist uns beiden egal.

Pure Leidenschaft hat uns gepackt. Wir lassen uns davon mitreißen und küssen uns um den Verstand. Immer schneller und dennoch im Einklang bewegen sich unsere Münder. Die Zungenspitzen streichen sanft über die jeweils andere. Meine gesamte Haut beginnt am Körper zu prickeln und die Nervenenden spielen verrückt.

Überall spüre ich Zuckungen und elektrische Stromstöße, so intensiven Kontakt hatte ich noch nie mit der

Leidenschaft. Gierig wie eine Ausgehungerte erwidere ich Heros Küsse.

Zwischendurch ist auch von ihm ein Stöhnen und Keuchen zu hören. Seine rauen Hände streichen über meinen Rücken, drücken mich näher an seinen erhitzten Körper und erkunden meine weiblichen Rundungen.

Wie von allein schwingt sich mein Bein über ihn und plötzlich sitze ich rittlings auf ihm. Diese Position gefällt mir und lässt mich grinsen. Für einen Sekundenbruchteil hören wir auf uns zu küssen und blicken uns stattdessen tief in die Augen.

Aus Angst, dass dieser Moment alles zerstören könnte, kaue ich auf meiner Unterlippe. »Wir sollten das eigentlich nicht tun«, meint Hero völlig außer Atem. Ich zucke unbeholfen mit der Schulter. Hero sieht mich weiterhin an, streicht mir eine lose Strähne aus dem Gesicht und fährt mit dem Zeigefinger die Konturen meines Gesichtes nach. »Doch es fühlt sich so verdammt gut an, findest du nicht auch?«

Jetzt kann ich wieder Lächeln und senke für den Bruchteil einer Sekunde meine Augenlider, bevor ich sie verführerisch wieder öffne.

»Dann sollten wir auf keinen Fall damit aufhören.« Sogar in meinen Ohren klingt meine Stimme gerade verführerisch und sexy. Ich spüre, wie ein kleiner Schauer durch Heros Körper wandert. »Aber bei mir wirst du keine Beziehung finden, Goldlöckchen.«

»Ich suche auch keine. Ich will einfach nur Spaß«, erwidere ich schnell, ohne lange zu überlegen. Aber stimmt das auch? Will ich nur Spaß? Mein Kopf und mein Verstand sagen ja, doch mein Herz? Das ist sich unsicher.

Trotzdem will ich mich auf Hero einlassen. Alles in mir schreit nach ihm. Er hat ein Feuer und eine Leidenschaft in mir entfacht, die ich zuvor noch niemals so intensiv gespürt habe.

»Dann wäre das zwischen uns geklärt. Nur Leidenschaft und Sex, mehr kann ich dir nicht geben.« Ich nicke stumm und bete, dass ich mich nicht doch noch völlig in den Kerl unter mir verliebe. Verliebtheit ist okay, doch keine Liebe.

Gerade will ich mich nach vorne beugen, als Hero mir einen Finger auf die Lippen legt. »Und wir sollten es auch vor Jason geheim halten. Ich weiß, dass er das nicht gut finden würde.«

»Er würde dich kastrieren«, wende ich ein und muss kichern. »Das ist nicht lustig, Goldlöckchen. Schließlich brauchen wir beide das gute Stück noch, um so richtig Spaß zu haben.« Endlich empfindet auch Hero, dass alles Wichtige zwischen uns gesagt wurde, denn er macht da weiter, wo wir eben aufgehört haben.

Irgendwie schaffen wir es in Heros Schlafzimmer. Meine Hände kleben an seinem Körper und ich genieße die Berührung seiner weichen Haut. Fast bin ich geneigt zu glauben, dass ich träume, bis Hero mich ungeniert in die rechte Pobacke zwickt, bevor er mich auf sein Bett stößt.

Ein kichernd-stöhnendes Geräusch entweicht mir dabei. Meine Haare werden durch den Schwung aufs Bett durcheinandergewirbelt, sodass ich unter meinen langen Zotteln hervorblicke. Ich versuche mich an dem besten Augenaufschlag und streiche mir dabei verführerisch die Haare aus dem Gesicht. Sofern dies möglich ist, bestimmt sehe ich wie eine Vogelscheuche aus.

Als mein Blick Hero trifft, raubt es mir prompt den Atem. Er steht breitbeinig vor dem Bett und sieht mit einem Blick auf mich herab, der mich glauben lässt, die schönste Frau auf Erden zu sein.

»Du in meinem Bett. Das ist ein wahrlich perfekter Anblick, doch noch besser wäre es, wenn du bereits nackt wärst.« Nervös durch seine Worte kaue ich auf meiner Unterlippe herum. Warum werde ich gerade so nervös?

Sex ist doch etwas völlig Normales sage ich mir in Gedanken. Ich habe es schon oft gemacht. Auch an verrückten Plätzen. So wie im Hausflur oder im Wohnzimmer auf dem Boden.

Okay, ich gebe ja zu, dass Aron und ich da weniger experimentierfreudig waren. Jedoch hatte ich auch niemals das Bedürfnis, außerhalb unserer Wohnung mit ihm Sex zu haben. Bin ich ihm vielleicht deswegen zu langweilig geworden und hat er sich aus diesem Grund eine Neue gesucht?

Diese blöden Fragen müssen mir natürlich gerade in diesem Augenblick in den Sinn kommen, wo ich dabei bin mit dem heißesten Typen aller Zeiten zu schlafen. Typisch ich.

Ich bekomme gar nicht mit, wie Hero auf mich zukommt, sich runterbeugt, um sich von mir einen Kuss zu stehlen. Gerade versteift sich alles in mir. Wie gelähmt liege ich da. »Saskia? Alles in Ordnung? Du bist gerade so blass geworden?«

Ich kann Heros Worte hören, doch sie dringen nicht gleich bis zu mir durch, denn ich habe gerade nur ein Bild vor meinem inneren Auge und das ist Aron beim Sex mit der anderen. Ich kann jede Sekunde dieses Augenblicks erneut sehen und mir bleibt dabei die Luft weg.

»Hab ich dich doch … Saskia? Alles in Ordnung? Warum schnappst du so komisch nach Luft?« Hero klingt besorgt, doch ich kann ihn nicht ansehen, zu sehr bin ich in diesem miesen Flashback gefesselt.

»Saskia? Rede mit mir«, versucht es Hero erneut. Meine Kehle schnürt sich zu und ich kann den Kloß im Hals kaum noch runterschlucken. Es beginnen Tränen aus meinen Augen zu fließen. Ein lauter, tiefer Seufzer voller Schmerz entweicht meinen Lippen. Plötzlich spüre ich, wie eine sanfte Hand über meine tränennasse Wange streicht. Endlich wird der Bann gebrochen, in dem ich gefangen war und ich nehme Hero wahr.

»Eigentlich bringe ich Frauen immer erst nachdem sie mein Bett verlassen haben zum Weinen und nicht schon davor«, versucht er mich aufzumuntern. So richtig funktioniert es nicht, aber ein kleiner Laut was als Glucksen durchgeht, entweicht mir.

»Kein Arschloch der Welt, hat dich verdient. Mich eingeschlossen. Dennoch bin ich selbstsüchtig genug und will dich trotzdem in meinem Bett haben.« Tief sehe ich ihm in die Augen. Jetzt kann ich Wärme und Mitleid darin erkennen. Beschämt senke ich den Blick.

»Jetzt willst du sicher nichts mehr von mir ... ich... ich bin einfach doch noch nicht so weit ...«, wie ich ihm gestehen muss, obwohl bis eben noch alles im Lot war. Doch die Erinnerung hat das Feuer in mir schneller gelöscht, als die Eiszeit die Dinosaurier töten konnte.

»Es ist besser, wenn ich gehe«, meine ich und versuche aufzustehen. Doch Hero lässt mich nicht. Er weicht keinen Millimeter zurück, kniet vor mir und sieht mich entschlossen an.

»Auch wenn du es mir nicht glauben willst, aber so lasse ich dich nicht allein in dein Bett. Du schläfst heute bei mir«, ich möchte ihn unterbrechen und öffne daher den Mund, doch Hero legt mir seine Hand darauf und verschließt ihn, damit ich nicht widersprechen kann.

»Lass mich ausreden, Goldlöckchen. Du brauchst heute starke Hände, die dieses Arschloch in deinem Kopf vertreiben können. Du musst mir auch nicht sagen, warum du gerade in so einer schönen Situation begonnen hast zu weinen, doch ich weiß, dass er was damit zu tun hat. Und dafür hasse ich ihn noch viel mehr.«

Erstaunt und perplex über seine Worte sehe ich Hero an und weiß nicht, was ich sagen soll. Mit dieser Reaktion von ihm hätte ich niemals gerechnet. »Danke«, hauche ich unschlüssig.

Hero nickt nur und zaubert ein kleines Lächeln auf seine Lippen. Sofort setzt mein Herz einen Takt aus. »Du bist gar nicht so ein Arschloch, wie du immer tust, deswegen bleibe ich heute auch bei dir im Bett. Und dass die anderen Weiber weinen, wenn sie dich verlassen, das kann ich mir sehr gut vorstellen«, ich versuche witzig zu sein, klinge aber alles andere als glaubwürdig.

Hero sieht mich skeptisch an und zieht dabei eine Augenbraue fragend hoch. Bestimmt denkt er das gleiche wie ich.

Werde ich die nächste sein, die wegen ihm weint? Und ist es daher eine gute Idee bei ihm zu bleiben? Soll ich nicht doch besser in mein Bett und diese Sache mit Hero vergessen?

Doch bevor ich verschwinden kann, liege ich in Löffelchenstellung da, Hero legt sich hinter mich und zieht mich in seine starken Arme. Wir sagen beide nichts mehr, sondern genießen die Nähe des anderen und beginnen dabei uns zu entspannen.

Es dauert nur wenige Atemzüge bis ich ins Land der Träume hinüberdrifte. Mein Atem geht gleichmäßig. Schnell bin ich in meiner Traumwelt und mache dort mit Hero weiter, wo mich mein emotionaler Ausbruch aufgehalten hat.

17. KAPITEL

Hero

»Lass mich bitte nicht der nächste Wichser sein, der ihr wehtut«, das ist mein einziger Gedanke, als ich Saskia in den Armen halte und merke wie sie sich immer mehr entspannt. Als sie eingeschlafen ist, zweifle ich meinen Vorschlag an. Es ist sicher nicht klug von mir, sich so auf sie einzulassen.

Ich kann zwischen Sex und Beziehungen einen guten Strich machen, doch gerade bin ich dabei mich auch emotional auf diese wunderbare Frau einzulassen und das ist gefährlich.

Mein Vorschlag, sie in meinem Bett und in meinen Armen schlafen zu lassen, war ein dummer Gedanke, den ich sicher bald bereuen werde. Doch bevor ich mich noch länger über mich selbst ärgere, nehme ich einen tiefen Atemzug und schließe die Augen. Ein süßlicher Blumenduft dringt in meine Lungen ein und benebelt wie von allein meine Gehirnströme. Sofort empfinde ich es als die klügste Entscheidung, die ich treffen konnte und schlafe mit einem dämlichen Grinsen auf den Lippen ein.

Wie ein Murmeltier habe ich die ganze Nacht geschlafen und dabei Saskia keine Sekunde aus der Umarmung entlassen. Jetzt bin ich automatisch wachgeworden, bevor der Wecker zu klingeln beginnt. Auf meine innere Uhr ist immer verlass, zumindest wenn ich genug Schlaf abbekommen habe. Was heute Nacht der Fall war.

Außerdem hat mich Saskias Nähe so beruhigt, so gut habe ich in meinem ganzen Leben noch nicht geschlafen. Hier besteht meinerseits absolute Suchtgefahr, was andererseits gefährlich und meinen Vorsatz - nichts Ernstes daraus werden zu lassen - zunichtemachen kann.

Ganz vorsichtig damit ich Saskia ja nicht aufwecke, neige ich meinen Kopf, um sie besser sehen zu können. Ihr Anblick raubt mir zu dieser frühen Morgenstunde den Atem. Sie sieht wie ein kleiner friedlicher Engel aus. Ihre langen blonden Haare liegen auf meinem Kopfkissen, als hätte sie ein Maler so gemalt. Mein Goldlöckchen, denke ich nur und seufze dabei auf.

Halleluja, es scheint so, als wäre bei mir ein Infekt im Busch. Denn nur so kann ich mir diese Gefühle, welche ich gerade in mir spüre, erklären.

Der schnellere Atem, das Herzklopfen und dieses Kribbeln in der Bauchgegend. Ich denke, eine Grippe ist in Anmarsch.

Ich verdränge diese Symptome und versuche Saskias Kopf von meinem Arm runter zu bekommen, ohne, dass ich sie aufwecke. Dies stellt eine große Herausforderung dar. All mein Können als

One-Night-Stand-Arschloch ist hier nun gefragt. Es ist schließlich nicht das erste Mal, dass ich mich aus einem Bett stehle, ohne die Frau aufzuwecken.

Jedoch ist es das erste Mal, dass ich es aus meinem Bett tun muss. Kurz runzle ich die Stirn über diese fragwürdige Erkenntnis, bevor ich weitermache.

Als Saskias Kopf endlich auf meinem Kopfkissen weilt, entfährt ihr ein sanftes Keuchen, gefolgt von einem geflüsterten Wort. »Hero.«

Mein Name.

Fuck.

Hat sie eben meinen Namen im Traum geseufzt? Ich. Bin. Sowas. Von. Am. Arsch.

Mein Herz freut sich wie verrückt.

Nicht nur ein Infekt ist also im Anmarsch, sondern es könnten auch meine Nervenstränge und mein Gehirn in Mitleidenschaft gezogen worden sein. Über mich selbst den Kopf schüttelnd stehe ich auf. Erst jetzt merke ich, dass wir ja auch in unseren Klamotten geschlafen haben.

Ich blicke an mir hinunter und sehe, dass mein Hemd aussieht, als wäre ein Bügelorkan, welcher alle Falten des Nicht-Bügel-Landes bei sich versammelt hält, ausgebrochen. So kann ich unmöglich in die Arbeit gehen.

Also bleibt mir nichts anderes übrig, als im Halbdunkeln in meinem Schrank – noch dazu leise wie eine kleine Maus – ein frisches und sauberes Hemd zu finden, welches auch noch farblich zu meiner zerknitterten Jeans passt.

Neuer Plan. Komplett neue Sachen rausholen.

Als ich zehn Minuten später leise die Tür von meinem Zimmer schließe, bin ich einerseits erleichtert, dass Saskia noch schläft, aber auch irgendwie enttäuscht. Ein süßer Abschiedskuss von ihr wäre jetzt auch sehr nett gewesen.

Bevor ich diese Gedanken noch weiter vertiefe, gehe ich schnell unter die Dusche und wasche mich.

Frisch gestriegelt gehe ich aus dem Badezimmer und stelle fest, dass mein Goldlöckchen noch immer seelenruhig schläft, denn sie steht nicht in der Küche. Ich mache mir derweil einen Kaffee, bevor ich aufbreche und ich denke über gestern Abend nach.

Es war wirklich ein schöner Abend mit Saskia. Wenn ich an ihr zauberhaftes Lächeln denke, kommt das Kribbeln zurück. Mit einem kräftigen Schluck Kaffee versuche ich es abzuwürgen, doch dabei kommt mir eine blendende Idee.

Ich schnappe mir einen Stift und einen großen Post-it, welche neben der Kaffeemaschine stehen und beginne meine Idee umzusetzen. Eine Kaffeewerbung, die ich letztens beim Fernsehen gesehen habe, hat mich auf diese Idee gebracht. Nur das der Mann in dem Spot seiner Frau eine schöne Nachricht hinterlassen hat und ich das alles nur mache, um Saskia nach dem Aufstehen ein Lächeln auf die Lippen zu zaubern.

Ein großer Unterschied, wie ich finde.

Sie soll den Tag mit süßen Worten und Gedanken beginnen. Und keinesfalls glauben, dass ich mich aus dem Staub gemacht habe.

Denn, dass sie den ganzen Tag über in meinem Kopf herumschwirren wird, das weiß ich bereits in dieser Sekunde.

18. KAPITEL

Saskia

Träge strecke ich mich und kneife die müden Augen fest zusammen, damit ich sie flatternd öffnen kann. Ich recke und strecke mich, schiebe mit meinen Beinen die Bettdecke zur Seite und erstarre plötzlich, als mir die Umgebung im Zimmer sagt, dass ich nicht in Jasons Zimmer geschlafen habe. Oh, Mann.

Hero!

Ich schnelle ruckartig hoch und sehe mich im Zimmer um. Obwohl ich auch so bereits weiß, dass er nicht mehr neben mir liegt, sonst könnte ich seinen warmen Körper spüren, sehe ich mich in dem großen Bett um. Doch es ist leer. Nur ich liege noch darin und das in komplett zerknüllten Klamotten. Bestimmt sehen meine Haare wie die reinste Katastrophe aus. Ein Vogel, der zufällig vorbeifliegt, würde sich über das kostenlos zur Verfügung gestellte Nest freuen.

Schwerfällig, da ich ahne, dass Hero auch nicht mehr in der Wohnung ist, stehe ich auf. Meine Beine schlürfen über den Boden und machen ein nervig kratzendes Geräusch. Mit schwerem Herzen gehe ich in die Küche, ich brauche jetzt dringend einen Koffeinschub. Nicht nur um richtig wach zu werden, sondern auch, damit ich besser über gestern Nacht nachdenken kann.

Während ich die Kaffeemaschine ansteuere, fallen meine Gedanken zurück zu unserem Kuss. Wie von allein wandert die rechte Hand zum Gesicht und mit dem Zeigefinger streiche ich sanft die Konturen meiner Lippen nach. Sofort steigt dieses vertraute Kribbeln von gestern in mir hoch. Hero bringt mein Blut zum Kochen.

Als es zwischen den Beinen zu kribbeln beginnt, wird mir wieder bewusst, dass ich ihn nicht rangelassen habe. Ich schließe die Augen und schüttle über mich selbst den Kopf. Das Schlimme an dieser peinlichen Situation war ja, dass ich es auch unbedingt wollte, doch genau in dem Moment musste mir mein verdammter Ex in den Sinn kommen.

Wahrscheinlich lässt mich Aron nicht los, bis ich die ganze Sache mit ihm geklärt habe. Ich kann es vermutlich noch lange vor mich hinschieben und so tun als wäre alles okay. Doch das wird nicht funktionieren, denn in meinem Kopf brauche ich anscheinend einen klaren Schlussstrich.

Also wird mir nichts anderes übrigbleiben, als bald zu ihm zu gehen, um alles mit ihm zu klären. Das Schluss ist, habe ich ihm zwar bereits per SMS mitgeteilt, doch ich will es ihm auch persönlich sagen. Das bin ich mir, ihm und unseren gemeinsamen Jahren schuldig. Jedoch ... Heute wird es noch nicht so weit sein. Ich bekomme schon Herzflattern und Magenkrämpfe, wenn ich nur daran denke, in seine Nähe zu kommen.

Also bin ich doch noch nicht so weit.

Mist.

Ich bin so verwirrt und gestresst und … Schließe fest die Augen, raufe mir mit den Händen die Haare, ziehe daran bis ich aufschreie und die Tränen laufen, nur damit ich dieses Chaos in meinem Kopf abstellen kann.

Wie kann ich nur so durcheinander sein? Warum nur?

Es liegt doch auf der Hand, was ich brauche, doch ich stehe mir selbst im Weg.

Irgendwie bin ich kurz vorm Heulen, was nicht nur an dieser Scheißsituation liegen mag, sondern auch an der Tatsache, dass Hero heute Morgen gegangen ist, ohne sich zu verabschieden. So ist der Zauber der letzten Nacht verflogen.

Ohne große Beachtung stelle ich meine Tasse unter den Kaffeeautomat und drücke auf den Knopf, als mir auf einmal ein gelber Post-it ins Auge sticht.

Vor lauter Gedanken habe ich diesen Zettel übersehen. Ganz vorsichtig nehme ich ihn ab und sehe ihn erstaunt an.

Während ich zu lesen beginne, kaue ich auf meiner Unterlippe und muss das Lächeln zurückkämpfen, welches sich auf mein Gesicht zaubern will.

Liebes Goldlöckchen,

Verzeih mir bitte diese kleine Flucht. Nicht nur du bist verwirrt.

Genau deswegen werde ich heute in der Arbeit keinen klaren Gedanken fassen können.

Ich wünsche dir einen schönen Arbeitstag und hoffe, dass es dir genauso ergeht wie mir.

H.

PS.: Danke für diese Nacht.

PPS.: Wiederholen?

Jetzt kann ich das dämliche Grinsen nicht mehr zurückhalten. Da ich allein in der Wohnung bin, sieht mich auch keiner, wenn ich wie eine Bekloppte herumhüpfe. Also tu ich das einfach. Ich jodle, kreische und lache wie verrückt. Das alles ist so schön! Hoffentlich vergeht die Zeit in der Arbeit sehr schnell, denn ich freue mich bereits jetzt aufs nach Hause kommen, damit ich Hero endlich wiedersehen kann.

Die ganze Woche war unglaublich. Die Zeit in der Arbeit verflog nur so, was vermutlich auch daran gelegen hat, dass ich immer zu an Hero denken musste. Die Abende mit ihm sind so schön und unbeschwert. Ich fühle mich wie neugeboren und lasse endlich mal alle Gedanken, die im Kopf herumkreisen, still sein. Beflügelt und glücklich. Genau so könnte ich gerade meinen Gefühlszustand beschreiben.

Jeder der nicht in diese Gefühlslage hineinpasst, wird einfach vergessen. Cayla merkt ebenfalls, dass es mir jetzt besser geht und ich jeden Tag mehr strahle. »Und das alles, obwohl ihr nicht einmal miteinander schlaft …«, meint Cayla ungläubig.

Ich habe ihr von unseren Abenden erzählt. Anfangs dachte Cayla echt, ich schwindle sie an und dass, obwohl sie Hero noch nicht gesehen hat. Ich habe ihn ihr genauestens beschrieben, aber gezeigt noch nicht. Ich kann mir genau vorstellen, wie meine Freundin auf Hero reagieren wird.

Sie steht auf solche Typen, noch dazu umgibt Hero diese dunkle und sehr anziehende Aura, da verfällt sie ihm augenblicklich und das will ich nicht. Allein der Gedanke macht mich ganz krank, dass Cayla auf Hero stehen könnte. Ein schlechtes Zeichen für meine Vereinbarung mit ihm. Aber was soll ich machen? Meine innere Tussi hat ihn abgeleckt und ihn für sich beansprucht. Da ist nichts mehr zu machen.

»Was auch besser so ist. Irgendwann wird es schon passen und ich werde bereit sein, aber du weißt genauso gut wie ich, dass ich das nachdem … naja … also nach dem Gesehenen noch nicht kann.« Das bedrückt mich ja selbst, doch ich kann es nicht ändern. Nicht sofort zumindest. Es ist irgendwie, als ob etwas meine sexuelle Leidenschaft blockieren würde. Ich will zwar, doch der Schalter zum Tun ist einfach auf Off gelegt.

»Wenn dieser Hero so heiß ist, wie du sagst, und davon gehe ich aus, da ich noch nicht in seine Nähe durfte, dann ist es nur eine Frage der Zeit. Du musst mit A …« Cayla verstummt, als ich sie mit einem wütenden Blick anstarre.

»Verdirb mir das nicht mit solchen Gedanken«, hauche ich und schließe kurz die Augen, hole tief Luft und versuche ihre negative Energie von mir zu stoßen. »Es ist gerade gut so, für ihn und für mich. Hero sagte zu mir, dass das alles auch neu für ihn sei und er will mich nicht verletzen. Allein schon wegen Jason«, kichere ich. Endlich ist meine gute Laune wieder voll da.

Cayla lacht und nickt. »Ich kann mir Jason sehr gut vorstellen. Sein dunkelblondes Haar schimmert im Mondschein während er mit einem Messer deinen Hero kastriert.« Ich verdrehe die Augen, denn Cayla erzählt das alles mit ihrer verträumten Stimme.

»Und warum lässt du deine Verführungskünste nicht endlich mal bei meinem Bruder wirken? Ich glaube, er findet dich auch scharf.« Ich weiß das ehrlich gesagt nicht, doch ich will mit ihr jetzt nicht länger über mich und Hero sprechen, deswegen wechsle ich geschickt das Thema.

»Gute Idee. Sobald er wieder da ist, gehen wir vier aus, bisschen schick essen und dann in eine dunkle, laute Disco, wo ich ihn an den Haken nehmen kann.« Ein klein wenig schaudert es mir bei diesem Bild. »Ja, das machen wir. Und jetzt lass uns arbeiten, es liegt noch viel vor uns und morgen ist Samstag, da haben wir endlich frei.«

»Sollen wir heute ausgehen?«, fragt mich Cayla. Ich denke nach. Eigentlich ist heute Abend wieder meine und Heros Zeit. Doch vielleicht wäre auch ein bisschen Abstand mal gut für uns.

Ich lege den Kopf auf die abgestützte Hand und überlege: »Mal sehen, eigentlich habe ich ja nichts vor und ich weiß auch nicht ob diese Abende mit Hero auch am Wochenende gelten oder er lieber ausgeht.« Darüber habe ich mit ihm noch nicht gesprochen. »Mach dich rar und er wird dir noch mehr aus der Hand fressen«, schlägt Cayla weise vor.

Ich bin mir zwar nicht sicher, ob dieses Sprichwort bei Männern wirklich die richtige Wirkung erzielt oder es nicht doch eher nach hinten losgeht, doch ich nicke und sage meiner Freundin zu. »Gut, dann machen wir Mädels heute wieder einen drauf. Aber du musst mir eines versprechen«, warne ich sie noch und deute mit dem ausgestreckten Zeigefinger in die Luft.

»Ich verspreche dir alles«, sagt Cayla mit einem schelmischen Grinsen auf den Lippen. »Heute, nur wir zwei. Keine Männer.« Auch wenn sie schnaubt wie ein Stier und dabei die Augen verdreht, stimmt sie meiner Bedingung zu. Erleichtert atme ich durch und freue mich jetzt doch auf einen Frauenabend. Mit Cayla ist es immer lustig. Voller Tatendrang arbeite ich alles ab und kann es kaum erwarten nach Hause zu kommen.

Ich erwische mich sogar dabei, wie ich meine spärliche Bekleidung in Gedanken durchgehe und überlege, was ich anziehen soll. »Kannst du mir etwas leihen?«, frage ich Cayla kurz vor dem Ende der Arbeitszeit.

»Logo, habe so viele großartige Sachen im Schrank, da finden wir etwas Heißes für dich.«

»Aber nicht zu heiß. Es soll nur gut aussehen und keine Motten anziehen.« Ich rümpfe die Nase, wenn ich an die ganzen schmierigen Kerle da draußen denke. »Sei nicht prüde, Süße. Vielleicht sieht er dich ja in dem sexy Fummel.« Jetzt hat mir Cayla damit auch noch einen Floh ins Ohr gesetzt, der mein Blut in Wallungen bringt. Ich kann es schon vor mir sehen, ich und Hero, engumschlungen auf der Tanzfläche wiegen wir uns zu einem heißen Beat. Unsere Körper kleben aneinander und wir blicken uns dabei tief und fest in die Augen ….

»Hallo, Cayla an Saskia! Hast du eben einen erotischen Tagtraum gehabt?« Ich spüre wie meine Wangen zu glühen beginnen. »Nein«, lüge ich und beiße mir gleichzeitig auf die Innenseite der Wange, damit ich nicht loskichere wie ein kleines Schulmädchen. Cayla durchschaut mich und lacht aus vollem Halse. »Dieser Mann hat es dir echt angetan.« Ja, das hat er.

Doch das sollte er überhaupt nicht in diesem Ausmaß.

19. KAPITEL

Saskia

Wenn ich ehrlich bin, bin ich im Moment sehr nervös. Meine Hände zittern, während ich die Wohnungstür aufsperre. Im Inneren der Wohnung ist es sehr still. Hero ist also noch nicht Zuhause. Ein bisschen erleichtert mich diese Tatsache, aber auf der anderen Seite frage ich mich auch, wo er gerade ist. Vielleicht arbeitet er heute länger als sonst? Die letzten Tage sind wir fast immer gleichzeitig nach Hause gekommen. Meist war zwar einer von uns als erster da und hat bereits alles für einen gemütlichen Abend hergerichtet .... Also, warum mache ich mir dann überhaupt Sorgen?

Er wird sicher bald kommen und dann sage ich ihm, dass ich heute mit meiner Freundin ausgehe und einen draufmache, wie Cayla meinte. Wie er wohl darauf reagieren wird?

Wird es ihm egal sein oder wird er traurig, vielleicht sogar sauer sein, dass ich unseren Abend ausfallen lassen?

Bevor ich ein einziges Nervenbündel werde, gehe ich unter die Dusche, wasche mir die Haare und bis dahin wird er sicher auch da sein.

Wir hätten eigentlich mal unsere Handynummern austauschen sollen, denn so könnte ich ihm schreiben und ... Nein, ist so sicher auch nicht schlecht, denn dann kann ich mich nicht blamieren und ihm zu oft scheiben oder so.

Oh Mann, meine Gedanken fahren schon wieder Achterbahn und verwirren mich. Ich sollte diese ganzen Überlegungen lassen und einfach leben.

Frisch geduscht und eingewickelt in ein großes Handtuch, gehe ich in Jasons Zimmer. Da ich mich bei Cayla umziehen werde, schlüpfe ich jetzt einfach nur in Leggings und in ein Top. Wie auf heißen Kohlen mache ich dann eine Runde durch die Wohnung, doch zu meinem Entsetzen muss ich feststellen, dass keiner da ist.

Hero ist noch immer nicht nach Hause gekommen. Ein schmerzhafter Stich, dieses schreckliche Gefühl nagt an mir und erzählt mir nichts Gutes. In meinem Kopf laufen Bilder ab, die ihn bei einer anderen Frau zeigen. Was ja genau genommen sein gutes Recht ist, denn wir sind nicht zusammen. Oder?

Nein, sind wir nicht. Rufe ich mir in Gedanken hervor. Wir machen einfach nur rum, schlafen nicht einmal miteinander. Dass er da eine andere Frau will, die ihm gibt, was er braucht, ist doch ganz menschlich beziehungsweise männlich. Männer brauchen das, vor allem solche Kerle wie Hero. Er ist ein Arschloch, dass hatte er mir bereits bei unserer ersten Begegnung gezeigt und mich auch immer wieder daran erinnert. Er ist nur seit unserem ersten Kuss anders zu mir. Aber immer ehrlich was seine Gefühle angeht. Hero will keine Frau für eine längere Beziehung.

Ich darf das nur nicht immer wieder vergessen.

Mit der nagenden Enttäuschung und Eifersucht im Nacken schnappe ich mir meine kleine Tasche und mache mich auf den Weg zu Cayla. Die bringt mich schon auf andere Gedanken.

Kurz bevor ich zur Tür raus bin, bleibe ich stehen und gehe zurück in die Küche. Ich kann es einfach nicht lassen.

Außerdem hat mich seine erste Nachricht auf diese Idee gebracht. Dieses Mal bin ich es, die ein Post-it nimmt und mit krakeliger Handschrift darauf schreibt.

Bin mit Cayla in einem Club.

Hoffe, du machst dir auch einen schönen Abend!

Liebe Grüße

S.

Nicht sehr einfallsreich und irgendwie klingen diese paar Worte eingeschnappt und zickig, doch ich ändere das nicht mehr, sondern klebe den Zettel auf die Kaffeemaschine. Dort müsste er ihn sofort sehen, wenn er in die Küche kommt.

Falls er heute Nacht überhaupt hierher kommt …

»Wow, bist du schnell. Komm rein!« Cayla öffnet mir die Tür. Wie es aussieht, kommt sie gerade aus der Dusche. Ihre langen roten Haare kleben an ihrem Körper und hinterlassen tropfende Spuren auf dem Boden.

»Wollte eben keine Zeit verlieren«, meine Stimme klingt viel zu niedergeschlagen, das muss ich sofort ändern, bevor Cayla merkt, wie angepisst ich gerade bin. Und ich will ihr nicht erklären müssen, dass Hero schuld ist, da er nach der Arbeit nicht sofort nach Hause gekommen ist.

Ich benehme mich kindisch, ich weiß.

»Hat dir dein Casanova etwa Ärger gemacht oder warum flüchtest du regelrecht aus seiner Nähe?« Misstrauisch sieht mich meine Freundin an, beäugt mich von Kopf bis Fuß. Dieses Luder kennt mich eben.

Ich versuche gleichgültig mit den Schultern zu zucken. »Habe ihn nicht gesehen, falls du das fragst. Ich habe Hero einfach eine Nachricht auf der Kaffeemaschine hinterlassen.« Ob sie mir meine Gleichgültigkeit abkauft, kann ich noch nicht sagen. Cayla zieht fragend eine Augenbraue nach oben, gibt dann aber nach. »Sehr gut, dann steht uns heute ja niemand im Weg.«

Ich stehe mir selbst im Weg, sage ich in Gedanken.

Cayla klatscht in die Hände und tänzelt in ihr Schlafzimmer. Dort sieht es bereits aus, als hätte sich ihr Kleiderschrank übergeben. »Oh, du warst also schon fleißig«, meine ich und kann mir das Kichern nicht verkneifen. Sofort steigt meine Laune.

»Ich bin bereit! Ich bin bereit!«, kreischt sie und springt aufgeregt wie ein sehr bekannter gelber Schwamm aus dem Fernsehen, im Zimmer herum. »Zwei Singlefrauen machen heute einen drauf! Das muss man doch feiern!«

Ihre Worte verklingen und ein Sektkorken knallt im Raum. Ich zucke zusammen, weil ich damit nicht gerechnet habe. Nicht nur der Korken hat mich gerade erschreckt, sondern die Tatsache das Cayla recht hat.

Ich bin heute als Single unterwegs. Das klingt eigenartig, denn seit drei Jahren war das nicht mehr der Fall. »Du hast recht. Ich bin S-single«, stottere ich etwas, wegen dieser Erkenntnis.

»Die Nacht ist viel zu jung, um in nur einem Lokal zu bleiben«, versucht mich Cayla zu überreden. Sie hat schon einen schönen Schwips und muss über alles und jeden Kichern. Ich habe zwar auch einige Drinks hinter mir, doch ich habe einen entscheidenden Vorteil, ich hatte eben eine

Portion Pommes frites. Essen zwischendurch ist immer wichtig, denn es senkt gerade meinen Alkoholpegel und hilft mir, damit ich mehr vertrage. Cayla wollte nichts essen, sie wird nachher schon noch sehen, wer von uns beiden länger auf der Tanzfläche sein wird.

Obwohl ich das Flair in diesem gemütlichen Pub mag, muss ich Cayla irgendwie recht geben. Hier ist es zwar toll, doch zum Tanzen und abfeiern zu wenig. Also muss ich mit ihr in noch mindestens einen Club weiterziehen. So wie ich sie nämlich kenne, will sie danach auch noch weiter. Doch da spiele ich nicht mit. Mir reicht ein Tanzclub aus.

»Okay, aber nur ins *Dark Night*, woanders will ich nicht hin. Und kein Wechseln mehr, verstanden?« Cayla zieht zwar eine Schnute, stimmt mir dennoch zu. »Dort sind sowieso die besten und heißesten ...« Schnell hebe ich meine Hand und bringe sie zum Verstummen. »Nix da! Ha! Du weißt, was ausgemacht war. Keine Männer heute. Das gilt auch für dich.«

Über ihren Gesichtsausdruck, welchen sie gerade zum Besten gibt, muss ich so lachen, dass ich mir den Bauch halte. Tränen laufen mir über die Wangen. »D-du und d-dein Dackel ... Dackelblick«, brülle ich laut und bringe zwischen den Lachern immer nur ein Wort heraus. Cayla stimmt in meinen Lachkrampf mit ein und so gutgelaunt verlassen wir das Pub.

Jeglicher Gedanke an einen ganz bestimmten Kerl wurde dadurch ausradiert.

Im *Dark Night* geht bereits die Post ab. Stickige, von Rauchschwaden verhangene Luft begrüßt uns, als wir die wenigen Stufen hinunter in die Dunkelheit steigen. Die Musik wird mit jedem Schritt lauter und irgendwann dröhnt der Bass durch die Gliedmaßen. Der Beat lässt sofort meine Muskeln zucken, was vermutlich wie ein Anfall aussieht, jedoch ist das mein Versuch zu tanzen.

Bevor wir an die Bar gehen, wird also erst einmal die Tanzfläche unsicher gemacht. Wir mischen uns unter die verschwitzten Körper und lassen uns zur Musik einfach treiben. Ich schließe die Augen, hebe die Hände und wiege mich im Takt. Immer wieder stoßen meine Tanznachbarn mit mir zusammen, doch ich ignoriere den Körperkontakt und gebe mich voll und ganz der Musik hin.

Lange tanze ich allein, bis Cayla zu mir aufrückt und wir nun gemeinsam die Hüften kreisen lassen. Wir ziehen hier eine ganz schöne Show für das männliche Geschlecht ab. Cayla und ich haben Spaß daran und genießen die Blicke auf uns.

Irgendwann wird es mir dann doch zu heiß, ich bin durchnässt und meine Kehle fühlt sich trocken an. Mit Handzeichen verständige ich mich mit Cayla und gebe ihr zu verstehen, dass ich dringend einen Drink brauche. Sie nickt mir zu und folgt mir zur Bar. Wir müssen uns ganz schön durch die

Menschenmenge hindurchkämpfen bis wir einen Platz direkt am Tresen ergattern.

Es dauert nicht sehr lange bis ein Barkeeper auf uns aufmerksam wird, was vermutlich daran liegt, dass Cayla lauthals über den gesamten Bereich brüllt, dass wir hier gleich verdursten werden. Meiner Freundin ist eben nichts peinlich.

Sie ordert zwei Corona und zwei Schnäpse. Mir graut etwas vor dem Kurzen, doch ich würge ihn hinunter und trinke danach einen großen Schluck Corona. »Noch einmal Zwei!«, schreit Cayla, doch ich schüttle schnell den Kopf, als der Kellner erneut zu uns kommt.

Dieser grinst mich verständnisvoll an und tut einfach so, als hätte er Cayla nicht gehört. Diese mault zwar deswegen, doch ich kann sie schnell ablenken, indem ich so tue, als ob ich nach Männern Ausschau halten würde. »Ich dachte, wir suchen heute nicht.«

»Tue ich auch gar nicht. Es ist einfach nur zur Appetitanregung gedacht«, rede ich mich raus. Alles, Hauptsache keinen Schnaps mehr.

»Hmm«, brummt Cayla neben mir, »frische Ware ist aber nicht gerade im Überschuss da. Die meisten, die gut aussehen, haben eine an der Angel.« Ich muss über ihre komische Formulierung lachen. »Du meinst am Haken«, verbessere ich sie. Ich drehe mich gerade um, damit ich einen Schluck trinken kann, als sich plötzlich meine Nackenhaare aufstellen.

Sofort halte ich nicht nur in der Bewegung inne, sondern halte auch die Luft an. Was ist das eben gewesen?

Alle meine Härchen am Körper sind in Alarmbereitschaft. Im Nacken kribbelt es, als ob ich von jemanden intensiv angestarrt werde. Ganz langsam drehe ich mich wieder um und lasse den Blick über die Menschen im Club schweifen, doch die Blitzlichter der Tanzfläche lassen mich nicht sehr gut sehen. Fest kneife ich meine Augen zusammen und versuche es erneut. Jedoch kann ich nichts und niemanden erkennen, was dieses Gefühl in mir verursacht haben könnte.

Bevor ich Cayla vorschlage wieder zum Tanzen zu gehen, drehe ich mich einmal um die eigene Achse, nur um sicherzugehen. Doch es ist keiner da. Niemand der mich ansieht. Zumindest entdecke ich niemanden.

Und dennoch klopft mein Herz schneller, als wir wieder auf der Tanzfläche sind. Gerade legt der DJ Madonnas Song auf. *Like a Prayer*.

Ich brauche ein paar Sekunden bis mich der Beat erreicht und ich mich zum Takt dieses Songs wiegen kann. Nach kurzer Zeit ist es dann so weit, ich schließe erneut die Augen und beginne mich langsam und sehr verführerisch zu Madonnas Stimme zu bewegen. Meine Hände gleiten über meinen Körper, streichen sanft über den Brustansatz und mit den Hüften vollführe ich einen Schwung wie der einer waschechten Latina.

Und dann ist es plötzlich wieder da. Dieses Gefühl, dieses Kribbeln auf meiner Haut. Meine Härchen reagieren auf diese schwüle Hitze und mein Herzschlag wird automatisch schneller. Ich versuche mich, davon aber nicht beirren zu lassen und tanze weiter. Gerade drehe ich mich etwas, als mir ein sehr vertrauter, verführerisch-herber Duft in die Nase steigt. Erschrocken über diesen – mir bekannten - männlichen Duft, reiße ich die Augen auf und blicke in sehr vertraute grüne Augen.

Ein Keuchen entkommt meinen Lippen, was aber in dem Lärm völlig untergeht. Ich bleibe wie angewurzelt stehen und traue meinen Augen kaum. Erst als mich mein Gegenüber mit einem sexy Lächeln, was zu seinem verheißungsvollen Blick passt, mustert, kann ich mich aus meiner Starre lösen. Ich gehe einen Schritt auf ihn zu und könnte schwören, dass sich in seiner Nähe die Temperatur noch weiter erhöht.

»Was machst du denn hier?«, frage ich wenig geistreich. Ich neige mich weiter nach vorne, damit ich seine Antwort besser verstehen kann. Doch Hero antwortet mir nicht, stattdessen packt er mich fest an der Taille und drückt mich gegen seinen muskulösen Körper. Meine Hände legen sich auf seine Brust und ich kann dadurch den schnellen Herzschlag spüren.

Es schlägt im selben verrückten Rhythmus wie meines.

Erneut teilen sich meine Lippen und ich stoße ein Keuchen aus. »Was wird das?«, frage ich atemlos. Seine Nähe, sein herber Duft, dass alles verwirrt mich gerade sehr. Dazu dann auch noch diese dunkle Atmosphäre in diesem Club und der dröhnende Beat. Mir wird etwas schwindelig und automatisch lehne ich mich noch stärker an Hero. »Wir tanzen«, flüstert er mir ins Ohr und drückt mir gleichzeitig einen prickelnden Kuss auf diese empfindliche Stelle unter dem Ohr.

Jegliche Buchstaben im Kopf wurden durch diese zwei Wörter ausgelöscht.

Sanft beginnt Hero uns im Takt der Musik zu bewegen. Meine Hüfte und meine Beine bewegen sich synchron zu seinen. Eng umschlungen stehen wir nun in der Mitte und unsere Körper reiben sich aneinander, als ob wir Sex hätten. Wäre da nicht der lästige Stoff zwischen uns. Genießerisch schließe ich die Augen und gebe mich diesem Moment hin. Ich weiß genau, dass ich das hier niemals in meinem Leben vergessen werde.

So erotisch habe ich noch nie mit einem Mann getanzt. Noch dazu scheint es so, als würden unsere Körper perfekt zueinander passen. Als wäre er für mich erschaffen worden und ich für ihn.

Und jetzt sind wir zusammengefügt worden und ein Ganzes.

Madonnas Stimme verklingt und ein neuer Song beginnt. Heros Bewegungen werden immer waghalsiger. Er lässt die rechte Hand fest auf meinem Rücken liegen, presst mich damit gegen seinen Körper und mit der anderen Hand geht er nun auf Wanderschaft. Zärtlich streichen seine Fingerkuppen über den großen Rückenausschnitt, welches dieses kleine schwarze Kleid hat.

Jetzt bin ich froh, dass mich Cayla zu diesem Ding überreden konnte. Mir war es anfangs ja zu kurz, zu sehr ausgeschnitten am Rücken und auch am Dekolleté, doch nun bin ich froh darüber. Denn so können Heros raue Finger über meine Haut streicheln und mein Blut dadurch zum Kochen bringen.

Wenn er so weiter macht, wird mein Höschen zwischen meinen Beinen verbrennen, da mein Körper demnächst in Flammen aufgeht.

Heros Berührungen lassen mich auch frecher werden. Wie in Zeitlupe hebe ich die Hände und lege sie ihm in den Nacken. Dort verschränke ich die Finger, drehe meinen Kopf, damit ich ihm in die Augen sehen kann und nähere mich ganz langsam seinen Lippen.

Hoffentlich gehe ich damit nicht zu weit, doch der Alkohol und die ganze Szenerie hier im Club lassen mich mutiger werden, sodass ich ihn nun vor allen hier küssen möchte. Und zwar keinen keuschen Kuss. Einen richtig verruchten, verdammt sexy Kuss, der allen umliegenden Damen klarmachen soll, dass er mir gehört.

Meine Angst von Hero einen Korb zu bekommen, ist jedoch unbegründet. Er kommt meinen Lippen entgegen und als sie auf einander treffen ist es, als ob ein Feuerwerk in meinem Körper stattfinden würde. Verheißungsvoll bewegen sich unsere Zungen zusammen. Ringen einen erotischen Kampf aus. Unser Atem vermischt sich und ich kann an seiner Brust spüren, wie schnell Heros Herz in diesem Augenblick schlägt. Es steht meinem in nichts nach.

Unser Tanz hat nun aufgehört, wir geben uns einzig und allein unseren Küssen hin. Ich spüre, wie meine Lippen anschwellen und dieses Gefühl gefällt mir. Während unseres Kusses beginne ich zu lächeln, was Hero veranlasst innezuhalten und mich anzusehen. Seine Augen wirken verhangen, das Grün dunkler als zuvor. Als er mein Grinsen sieht, erwidert er es.

Jetzt wandert seine Hand über meinen Po, kneift in diesen kurz und steuert dann den Saum meines kurzen Kleides an. Ich beiße mir auf die Lippen und vergesse durch seine Berührung komplett, dass wir inmitten tanzender und feiernder Menschen stehen.

»Sieh mich nicht so an«, haucht er mir ins Ohr. Und beginnt meinen Hals mit Küssen zu bedecken. Sofort biege ich den Rücken durch und neige mich zurück, damit er besseren Zugang hat. Eine Gänsehaut überzieht meinen Körper und lässt meine Nervenenden empfindlich werden. »Ich mache doch gar nichts«, meine ich gelassen wie die größte Verführerin auf diesem Planeten. Hero lacht an meinem Hals und beißt kurz hinein, was mich aufschreien lässt.

»Wir sollten gehen, bevor wir den Leuten hier eine Show bieten, die sie nicht verdient haben.« Vorfreude gepaart mit einem aufgeregten Prickeln lassen mein Adrenalin hochkochen. Kichernd nicke ich. Hero nimmt meine Hand und zieht mich hinter sich her. Wie auf Drogen grinsend folge ich ihm und wir verlassen die Tanzfläche.

Cayla habe ich mittlerweile völlig vergessen.

Hero geht mit mir aus dem Club und steuert auf seinen Wagen zu. Dort hält er an, dreht mich um und drückt mich gegen den schwarzen Sportwagen. Mit den Händen hält er mich gefangen und blickt mir tief in die Augen. Ich halte seinem Blick stand und lecke mir verführerisch über die Lippen.

»Warum warst du nicht Zuhause, als ich heimgekommen bin?«, fragt er mich vorwurfsvoll. Endlich lichtet sich der Nebel in meinem Gehirn und ich kann wieder normal denken. Den Rausch vom Alkohol habe ich vermutlich auf der Tanzfläche ausgeschwitzt.

»Ich war da, aber du nicht«, sage ich beleidigt und verschränke meine Arme vor der Brust. Hero sieht mich von oben bis unten an und ich komme mir nun doch sehr nackt vor. Vorhin beim Tanzen war das kurze Outfit okay, doch unter seinen strengen Augen fühle ich mich nun verletzlich.

»Das habe ich gesehen. Du hattest mir eine kleine Nachricht hinterlassen.«

Ich zucke mit den Schultern. »Leider habe ich deine Handynummer nicht.«

»Das müssen wir sofort ändern.« Hero weicht etwas zurück und streckt mir seine Hand entgegen. Ich kapiere nicht gleich, was er will und blicke ihn fragend an. »Hast du dein Handy dabei?«, fragt er. Klar, jetzt verstehe ich.

Schnell fische ich es aus der kleinen umgehängten Clutch und überreiche ihm mein Telefon. Hero tippt darauf herum und grinst zufrieden, als er es mir wieder zurückgibt. Ich sehe auf das Display und kann Heros Namen darauf lesen und darunter steht seine Nummer. »Von nun an kannst du mir immer schreiben«, meint er. »Aber ich will deine auch haben.« Jetzt gibt er mir sein Handy und ich speichere meine Nummer bei ihm ein.

Zufrieden grinst er, als ich ihm das Handy zurückgebe. »Aber da wäre noch etwas«, meint er. Hero stellt sich neben mich, haucht mir einen Kuss auf den Scheitel und ein Blitz erhellt kurz die Nacht. Ich blinzle ein paar Mal, denn darauf war ich nun echt nicht vorbereitet.

Wie ein kleiner Schuljunge starrt er nun grinsend auf sein Handy und zeigt es mir wenig später. Ein Bild von uns beiden ragt auf dem gesamten Display auf. Mein Herz geht fast über vor Stolz. »Ein Bild von uns beiden?«, frage ich schüchtern. Was will er denn damit?

»Damit ich dich immer ansehen kann.«

»Ich will aber auch eines von dir«, meine ich keck, ziehe nun mein Handy wieder hervor und mache es wie Hero. Ich möchte ihm einen Kuss auf die Wange drücken und gleichzeitig den Auslöser drücken, doch Hero ahnt mein Vorhaben und dreht plötzlich seinen Kopf in meine Richtung. Er haucht mir einen sanften Kuss auf die Lippen, während ich das Foto von uns mache.

Grinsend wie ein Honigkuchenpferd weiche ich etwas zurück und betrachte unser Bild. »Wow«, bringe ich nur heraus. Hero blickt über meine Schulter und sieht ebenfalls unser Foto. Ich speichere es zu seiner Nummer ein, damit es immer aufleuchtet, wenn er mich anruft oder mir schreibt. Hero drückt mir seine Lippen auf meine Schulter und meint: »Lass uns nach Hause fahren.«

»Kannst du denn noch fahren?«, frage ich ihn. Auf keinen Fall steige ich in sein Auto ein, wenn er etwas getrunken hat.

»Ich habe heute noch keinen Tropfen Alkohol angerührt, wenn du das mit deiner Frage meinst. Da du nicht in der Wohnung warst, habe ich mich mit den Jungs vom Training verabredet.«

»Welches Training?« Hero macht die Tür seines Wagens auf und hilft mir beim Einsteigen. »Kickbox Training. Das habe ich jeden Freitag, deswegen bin ich später gekommen als sonst.« Jetzt komme ich mir echt blöd vor. Gut, dass Hero meine verrückten Gedankengänge von vorhin nicht weiß. »Oh, das wusste ich nicht.« Ich bin verlegen und spiele nervös mit dem Saum des Kleides herum.

Hero schließt die Tür, umrundet den Wagen und steigt ein. Er dreht sich zu mir und sieht mich sanft an. Heros Finger streicht über meine linke Wange und wie automatisch schmiege ich mich an seine Handfläche. »Was dachtest du denn?«

Fest presse ich meine Lippen zusammen und schüttle den Kopf. Diese peinlichen Sachen werde ich ihm sicherlich nicht erzählen. »Du dachtest, ich sei bei einer anderen?«, schlussfolgert er. Bin ich froh, dass es sehr dunkel im Wageninneren ist, denn so kann er meine rot-kochenden Wangen nicht sehen. Beschämt senke ich den Blick. »Ich weiß, dass Männer Bedürfnisse haben und ich … also wir … wir haben noch nicht … w-wegen m-mir …«, stottere ich und fühle mich ganz klein. Es ist mir peinlich, dass ich letztens einen Rückzieher gemacht habe.

»Sieh mich an, Saskia«, befiehlt mir Hero. Zuerst weigere ich mich seinem Befehl nachzukommen, doch Hero drückt mir den Daumen unters Kinn und hebt meinen Kopf an. Unsere Blicke treffen sich. »Ich weiß, dass *er* dich verletzt hat und ich ahne den Grund dafür. Schon allein deswegen würde ich so etwas niemals machen.

Außerdem haben wir doch besprochen, was zwischen uns ist. Auch wenn ich keine Beziehung möchte, heißt das nicht, dass wir nebenbei andere Partner haben. Okay?« Eindringlich sieht er mich an und ich nicke. Ein Stein fällt mir vom Herzen.

»Und jetzt lass uns fahren. Ich will dich in meinem Bett und ob du heute bereit bist für den nächsten Schritt, das entscheidest du. Ansonsten kenne ich noch viele andere Möglichkeiten, wie wir uns beide Lust verschaffen können.«

Jetzt setzt mein Herzschlag aus.

20. KAPITEL

Saskia

Bitte sag mir, dass DAS er ist!

Als ich die SMS von Cayla lese, muss ich kichern und ein Glücksgefühl durchströmt mich. »Was ist denn so lustig?«, fragt mich Hero und legt seine Hand auf meinen Oberschenkel. Sanfte Kreise zeichnet sein Daumen während der Fahrt auf meiner Haut.

Hero blickt auf die Straße und lenkt den Wagen gekonnt durch den Nachtverkehr.

»Meine Freundin hat sich nur nach mir erkundigt. Sie hat mich vermisst, da ich ja auf einmal verschwunden bin.« Wenn ich so meine Worte höre, bekomme ich ein schlechtes Gewissen gegenüber Cayla. Wir hatten ja ausgemacht, dass es heute ein Frauenabend wird, ohne Männer. Und was mache ich? Ich sitze gerade neben dem heißesten Mann aller Zeiten!

Schnell tippe ich eine Antwort.

Hihi, ja DAS ist Hero! Sorry, ich bin mit ihm weg.
Kommst du gut allein klar oder sollen wir dich noch abholen kommen?

Prompt klingelt mein Handy erneut und Caylas Nachricht ploppt auf.

Bist du I.R.R.E. ?!?! Geh mit deinem Schnuckel, wohin du willst und mache nichts, was ich nicht auch tun würde. PS.: Ich habe bereits eine Mitfahrgelegenheit gefunden ;)

Ich muss laut losprusten und halte mir schnell eine Hand vor den Mund. »Deine

Freundin muss aber sehr witzig sein, wenn du die ganze Zeit so lachst. Was schreibt sie dir?« Neugieriger als Coco der Affe.

»Das werde ich dir auf gar keinen Fall auf die Nase binden, auch wenn die Menschheit davon abhinge. Das sind Frauengespräche, die verstehen Männer sowieso nicht.«

Hero gibt ein unverständliches Brummen von sich, was mich erneut zum Lachen bringt. »Du bist süß«, rutscht es mir heraus. Geschockt über meine Wortwahl bedecke ich mein Gesicht mit den Händen. Jetzt ist es Hero, der lacht. »So ein Kompliment habe ich noch nie bekommen. Danke. Und eines kann ich dir auch sagen, du bist ebenfalls sehr süß.«

Als wir bei der Wohnung ankommen, ist mein Alkoholpegel mehr als gesunken. Das Adrenalin, welches seit unseren Küssen durch meinen Körper rauscht, hat wohl dazu beigetragen.

Hero parkt den Wagen am Straßenrand und hilft mir galant beim Aussteigen. Ich kann fast nicht glauben, dass er dieselbe Person ist, welche ich an jenem Abend zufällig in der Bar getroffen habe, bevor ich Aron … Halt! Daran wird nun nicht gedacht, maßregle ich mich selbst.

Schweigend gehen wir in die Wohnung. Irgendwie kommt mir diese Stille etwas drückend vor. Hero scheint in Gedanken versunken zu sein. Seitdem er den Wagen geparkt hat, ist er ganz schön still. Zuvor hat er noch mit mir geflirtet und mich um den Verstand geküsst.

Ob er gerade seine Meinung geändert hat?

Wenn ich nervös bin, neige ich zur Tollpatschigkeit. Wie ich mir wenige Sekunden später auch schon selbst beweise. Hero geht vor mir ins Wohnzimmer und ich schleppe mich in den High Heels hinterher, bin unachtsam wegen meiner Gedanken und falle über die eigenen Füße. Mit den Armen rudernd versuche ich mein Gleichgewicht wieder zu erlangen, doch es gelingt mir nicht.

Ein kurzer Schrei kommt über meine Lippen. Das alles geht so schnell, ich sehe mich bereits bäuchlings auf dem Boden liegen, doch – wieder einmal – fangen starke Arme meinen Sturz auf. Fest knalle ich mit Heros Brust zusammen, was mir keuchend die Luft aus den Lungen drückt. Jedoch ist mir das lieber, als wenn ich den Boden küssen müsste.

Ein erleichterter Seufzer kommt aus meinem Mund und ich blicke dankend in Heros Gesicht. »Warum habe ich deinen beinahe Sturz bereits an deiner Gangart erkannt?«, meint er witzig. Entschuldigend zucke ich mit den Schultern. »Diese Mörder-Schuhe und der vorhin zu sich genommene Alkohol haben mir wohl übel mitgespielt.«

»Hm, wenn das so ist«, beginnt Hero und streicht sich mit einer Hand durch seine kurzen Haare, »dann kann ich dich unmöglich allein ins Bett gehen lassen. Es wird das Beste sein, wenn du heute die ganze Nacht bei mir bleibst. Nur so kann ich für deine Sicherheit garantieren und auf deine Gesundheit achten.« Ich muss mir echt auf die Innenseite meiner Wange beißen, um nicht laut loszulachen. Wie süß er klingt?

Ich habe zwar schon sehr oft in seinem Bett geschlafen, aber wir sind immer ohne den anderen aufgewacht, beziehungsweise bin ich manchmal einfach in mein Bett geklettert. Jedoch sind wir noch nie zusammen munter geworden, denn vor diesem Moment habe ich schreckliche Angst. Das macht es nämlich für mich realer. Es würde aussehen, als wären wir ein Paar. Und genau das will Hero ja nicht.

Unsicher, was ich nun sagen soll, stehe ich da. Hero hält mich noch immer fest und seine Daumen zeichnen kleine Muster auf meiner Haut. Wenn ich in mein Inneres höre, dann will ich sofort zu ihm und mit ihm eine schöne Nacht genießen. Höre ich jedoch auf mein Herz, dann hört sich die Sache ganz anders an.

Denn mein Herz ahnt, dass es bald wegen ihm gebrochen wird und das wird noch schmerzhafter sein, als bei Aron. Denn wenn ich ehrlich zu mir selbst bin, habe ich jetzt schon stärkere und intensivere Gefühle als ich es jemals hatte.

»Komm, ich helfe dir auch beim Ausziehen. Das wollte ich schon tun, als ich dich heute Abend zum ersten Mal tanzen gesehen habe. Eines kann ich dir sagen, in meiner Hose ging ebenfalls ein wilder Samba ab.« Ich muss über seine Wortwahl den Kopf schütteln und gleichzeitig lachen. Daher gebe ich nach und gehe mit Hero in sein Zimmer.

Bevor wir dort ankommen, kicke ich meine High Heels von den Füßen. Laut landen diese irgendwo im Wohnzimmer. »Ich hol noch schnell ein Shirt für mich.« Keinesfalls schlafe ich nackt neben ihm, außer wir haben Sex. Jedoch glaube ich, dass es auch heute noch nicht soweit kommen wird. Die Leidenschaft ist da, aber ich kann noch immer nicht.

Mein Körper und mein Geist sind verrückt.

»Nix da«, meint Hero und schnappt mich schnell. Kichernd pralle ich an seinen Oberkörper. Er hält mich festumschlungen und haucht einen sanften Kuss auf meinen Mundwinkel. Dann neigt er seinen Kopf und flüstert mir verführend ins Ohr: »Ich schäle dich aus diesem sündigen Kleid, dann werde ich deinen Körper mit meinen heißen Küssen verwöhnen. Überall.«

Ein Schauer der Vorfreude läuft mir den Rücken hinunter. Zwischen meinen Beinen kribbelt es aufregend. »Und danach stecke ich dich in eines meiner T-Shirts. Denn nur so wirst du heute bei mir schlafen.« Hero neigt sich zurück und sieht mir tief in die Augen.

Ich glaube, er versucht darin zu lesen, ob das für mich in Ordnung geht. Denn seit dem letzten Mal hat er nie wieder versucht mich zu verführen, um mit mir zu schlafen. Ich will es zwar, doch etwas steht mir noch im Weg. »Wir müssen nicht weitergehen, wenn du es nicht möchtest.« Dass er so verständnisvoll ist und meine wirren Gedanken erahnt, lässt mein Herz vor Freude und Liebe übergehen.

Ich lege Hero meine Hand auf die Wange und hauche ihm einen langen Kuss auf die Lippen, was all meine Gefühle für ihn ausdrücken soll. »Eines Tages oder nachts kommt der Zeitpunkt, wo ich und mein Geist bereit sind. Und dann werde ich so schnell nicht wieder aus deinem Bett verschwinden.«

»Erstens nehme ich dich beim Wort und werde das niemals vergessen und zweitens versprich nichts, was du nicht auch einhalten kannst.« Seine Stimme klingt dunkel und rauchig. Ich liebe diesen Ton an ihm.

Hero schiebt mich ganz in sein Zimmer, schließt die Tür hinter uns und beginnt sein Versprechen mir gegenüber einzulösen.

Wie eine kostbare Perle schält er mich aus dem Kleid und verwöhnt mich mit allen möglichen Tricks, die ein Mann bei einer Frau nur anwenden kann.

Diese Nacht ist auch ohne Sex, die beste in meinem Leben.

21. KAPITEL

Hero

Ein wundervolles Wochenende liegt hinter mir.

Für mich fühlt es sich manchmal so unreal an, da ich mit Saskia einfach vieles mache, was für mich früher ein No-Go war. Meine Bettgeschichten hatte ich immer sehr auf Abstand gehalten. Es gab kein nächtelanges Kuscheln oder Abendessen zu zweit. Ich habe mit diesen Damen auch keinen Fernsehabend gemacht. Früher dachte ich immer, ich brauche das alles nicht. Jetzt weiß ich, dass ich es sehr mag. Vor allem mit Saskia. Sie ist so witzig und klug. Bringt mich immer zum Lachen, auch wenn der Tag voller Stress war. Sie hört mir zu und wir können stundenlang über die verschiedensten Sachen sprechen.

Doch was ich gerade am meisten liebe, ist die Tatsache, dass sie jeden Abend in meinem Bett liegt, wir uns zwar mit Händen und dem Mund verwöhnen, ich aber kein drängendes Bedürfnis nach Sex habe. Klar, würde ich gerne mit ihr schlafen, doch es geht auch so. Mein kleiner Freund hat sich damit abgefunden und ich will auch keine andere derweil haben. Nicht einmal als ich in diesem Club war und ich Saskia noch nicht in ihrem heißen Outfit gesehen habe. Nicht einmal dort konnten mich die anderen Frauen anmachen.

Es ist, als wäre ich zuvor krank gewesen und nun durch ihre Anwesenheit geheilt worden.

Manche meiner Kickbox-Partner würden sich wohl gerade Schlapplachen, wenn ich denen das alles erzählen würde. Die denken, ich sei noch immer der Frauenheld und nur auf einen schnellen Fick aus. Doch irgendwie denke ich in dieser Hinsicht nun anders.

Ich kann nur noch an Saskia denken.

Verrückt, oder?

Der Arbeitstag zieht sich. Mein Projektleiter ist genervt, da vieles nicht so läuft, wie er es haben möchte. Schneller kann ich jedoch nicht arbeiten, außerdem fehlt Jason hier. Hoffentlich kommt er bald aus seiner Weiterbildung zurück. Nein, eigentlich doch nicht. Denn dann wäre er auch wieder in der Wohnung und ich könnte die gemeinsame Zeit mit Saskia nicht mehr genießen.

Eigentlich könnte ich ihr schreiben und fragen, was wir heute Abend machen wollen. Ich ziehe mein Handy aus der Hosentasche, entsperre den Bildschirm und sofort erscheint unser Bild auf dem Display. Sie sah an diesem Abend so hinreißend aus. Ihre geröteten Wangen und ihr Strahlen in den Augen. Ich rede mir immer ein, wenn ich mir das Bild ansehe, dass dieses Leuchten in ihren Augen meinetwegen ist.

Ich tippe ihr eine Nachricht und erkundige mich über ihren heutigen Arbeitstag. Heute Morgen war sie eher gegangen als ich. Das kommt seltener vor, normalerweise beginne ich früher mit der Arbeit, damit ich schneller wieder Zuhause bin.

Nur wenigen Minuten nach meiner SMS vibriert mein Handy auf dem Tisch und Saskias Name leuchtet auf.

Hier ist es wie immer. Cayla kaut mir ein Ohr wegen dir ab. Ich ignoriere sie und werde fast von Stiften aufgespießt. Wollen wir heute Abend zusammen etwas Kochen? Immer nur Lieferdienst ist irgendwann schon fast eklig. #figurkiller

Ich muss über ihre Nachricht grinsen. Saskia hat mir von ihrer aufgedrehten Freundin Cayla erzählt. Da ich am Wochenende nur Augen für Saskia hatte, habe ich ihre

Freundin, die ihr gegenüberstand, nicht einmal gesehen. Auch knallig-rote Haare habe ich nicht wahrgenommen. Meine Augen hatten einfach nur Saskia im Blickfeld.

Sag ihr, wenn sie einen Stiftekrieg will, dann komme ich mit einer neuen Packung Buntstifte und bewerfe sie solange, bis sie dich in Ruhe lässt. #dunklerRittermitbuntenStiftenhilftGoldlöckchen

Bevor ich meinen peinlichen Schreibstil anzweifle, schicke ich die SMS schnell ab. Und schreibe ihr kurz darauf eine weitere.

Ich kaufe nach der Arbeit noch frisches Gemüse und bringe auch Fleisch mit, dann versuchen wir einfach etwas Leckeres damit zu kochen. Bis später. Dein H.

Von Saskia kam nur noch ein Daumenhoch-Smiley und einer mit Küsschen. Gut, dass ich allein hier im Büro hocke, sonst würde mich das dämliche Grinsen, welches bis zu meinen Ohren reicht, verraten.

22. KAPITEL

Saskia

»Du wirkst so unglaublich verliebt«, schwärmt meine Freundin. Ich kann nur mit Mühe das verräterische Herzklopfen ignorieren. Hero darf nicht wissen, dass ich mich in ihn verliebt habe. Das würde sicherlich alles zerstören, was wir gerade haben.

»Ich bin einfach glücklich, so wie es ist. Wir sind zwar nicht zusammen oder so, aber es ist okay.« Zumindest rede ich mir das alles so ein. Eigentlich wäre es schon ganz schön, wenn wir offiziell zusammen wären. Aber ich kenne Hero, der würde sofort dicht machen, wenn ich dieses

Thema ansprechen würde. Er hat mir seinen Standpunkt genau erklärt und ich habe ihm damals zugestimmt, also kann ich nicht auf einmal daherkommen und die Bedingungen ändern wollen.

»Er ist dumm, wenn er das nicht möchte«, meint Cayla. Ich zucke mit der Schulter. »Ist er nicht. Und vielleicht hat er auch recht damit. Solange ich keinen festen Schlussstrich unter mir und Aron gezogen habe, hat das alles keinen Sinn. Deshalb genieße ich unsere Zeit einfach.«

»Du hast Aron doch gesagt, dass es aus ist.«

»Das schon, aber nicht von Angesicht zu Angesicht. Ich schiebe diese Aufgabe noch immer vor mich her und solange das nicht erledigt ist, kann ich nicht mit Hero …«, *schlafen* hätte ich fast gesagt, konnte mich aber gerade noch daran hindern. In diesem Punkt steht Aron einfach noch dazwischen.

»Ich weiß, dass ihr noch keinen Sex hattet. Hier muss ich gestehen, dass ich deinen Casanova bewundere, denn wer so aussieht, dem fliegen die Weiber nur so hinterher.« Wie hilfreich für mich. Angepisst verdrehe ich die Augen und verschränke die Hände vor meiner Brust.

»Danke, Cayla. Das beruhigt mich ungemein.« Jetzt ist meine Laune futsch und die Angst, er könnte sich doch eine andere holen, wieder da. »Sorry, so meinte ich das nicht. Fuck, manchmal ist mein Mund einfach schneller als mein Verstand. Er wird nicht dasselbe machen wie Aron-Scheißerchen. Dieser Mann ist ein echter Kerl und keine Lusche wie dein Ex.« Auch wenn Cayla versucht mich aufzumuntern, kann sie das jetzt überhaupt nicht mehr.

Jetzt kann mich nur noch eines umstimmen ...

Nach Hause kommen und in Heros schöne grüne Augen sehen.

»Ja, uns geht es sehr gut. Wir leben noch und haben deine Bude noch nicht abgefackelt«, erkläre ich meinem Bruder per Videochat. Endlich hat er mal Zeit für ein Gespräch.

Jason lacht. »Wenn zwei Dickschädel aufeinandertreffen, kann es manchmal sehr schwierig werden. Benimmt sich Hero in deiner Gegenwart oder muss ich ihm in den Arsch treten?« Bei der Erwähnung von Heros Namen beginnt mein Herz schneller zu schlagen und ich spüre, wie eine Hitze über meinen Hals nach oben wandert. Hoffentlich kann Jason diese Reaktion nicht am Bildschirm erkennen.

»Ähm, nein. Alles gut. Wir vertragen uns und ...« Gerade möchte ich weitersprechen, als ich höre, dass die Wohnungstür zugeschlagen wird. Schritte, gefolgt von dem Rascheln einiger Papiertüten kommt Hero immer näher.

Unruhig rutsche ich auf dem Stuhl hin und her, und weiß nicht was ich nun tun soll. Jason einfach wegdrücken und danach sagen, dass es eine kurze Störung gab, oder Hero ein Zeichen geben, damit er still ist.

Doch mir wird die Entscheidung schneller abgenommen, als mir lieb ist.

»Hi Goldlöckchen, ich habe fast den gesamten Supermarkt aufgekauft. Also ich hoffe sehr, dass wir es schaffen, damit ein köstliches Abendessen zu zaub … .«

Hero verstummt augenblicklich, als er mich am Küchentisch sitzen sieht und den Bildschirm vor mir. Jason wirkt zuerst wie erstarrt, man könnte glauben, die Verbindung sei wirklich unterbrochen worden, doch dann winkt er Hero kurz zu. Dieser erwidert den Gruß auf meinen Laptop gerichtet und geht schnell außer Sichtweite der Chatkamera.

Dann beginnt er stumm mit den Händen in der Luft hin und her zu wedeln. Vermutlich will er mir damit sagen, ich hätte ihn ja warnen können, dass ich mit Jason chatte.

Ich kann nicht auf Heros Gefuchtel eingehen, denn die misstrauischen Augen meines Bruders sehen mich an. »Ähm … ja … ich sagte doch, wir verstehen uns.«

Mein Bruder antwortet nicht gleich, doch ich kann schon fast die Ader an seiner Stirn pochen sehen. »Ist Hero noch im Raum?«, fragt Jason. Ich blicke über den Laptop und sehe Hero an. Dieser lehnt mit verschränkten Armen am Küchentresen. Nachdem ihm mein Bruder noch einmal gerufen hat, kommt Hero neben mich und stellt sich so, dass wir uns weder berühren noch das mein Bruder etwas ahnt.

»Ihr kocht zusammen? Wie das?«, fragt Jason Hero. Dieser zuckt mit der Schulter und macht einen auf lässig. »Ich hatte ein schlechtes Gewissen, da deine Schwester immer allein in der Wohnung saß und dann habe ich eben gestern Abend vorgeschlagen mit ihr zu kochen. So, damit sie nicht allein ist und so ...«

Ich hebe den Kopf und sehe Hero an. Dieser steht da, würdigt mich keines Blickes. Das tut weh, auch wenn er es nur wegen Jason macht. Diese Lügerei schmerzt in meiner Brust und lässt mich zittrig einatmen.

»Ich wusste, ich kann mich auf dich verlassen, Bro. Aber du weißt ja, Finger weg von meiner kleinen Schwester! Ich muss wieder Schluss machen. Fackelt nichts ab und lasst nichts anbrennen. Im kochenden Sinne gemeint. Bis zum nächsten Telefongespräch«, sagt Jason noch und winkt bevor der Bildschirm schwarz wird.

Wie erstarrt sitze ich da. Hero geht weg und fängt an die Einkäufe aus den Tüten zu räumen. Wie kann er jetzt nur weitermachen, als wäre das eben nicht gewesen?

»Wollen wir ein Risotto mit viel Gemüse machen? Ich glaube, ich habe da ein gutes Rezept im Internet gefunden.« Weil ich nicht sofort antworte, dreht sich Hero um. Er sieht mich an und ich kann in seiner Miene Besorgnis erkennen.

Hero merkt, dass mit mir etwas nicht stimmt und kommt auf mich zu. Vor meinem Stuhl geht er in die Knie, nimmt meine Hände und blickt mich entschuldigend an. »Das klang gerade scheiße, ich weiß. Aber ich war auch überrumpelt und ich … Mist. Es tut mir leid.« Hero neigt sich etwas nach vorn und haucht mir einen Kuss auf die Lippen. »War nur komisch das ausgesprochen zu hören«, gebe ich zu und mache im nächsten Moment das, was ich mittlerweile sehr gut kann.

Ich vertusche meine Gefühle, indem ich ein Lächeln auf meine Lippen zaubere und Hero die Hände in den Nacken lege. Dann ziehe ich ihn näher zu mir und küsse ihn um den Verstand.

Atemlos lösen wir uns voneinander.

»Wir sollten von heute an eine neue Regel aufstellen.« Meine Härchen richten sich auf und ich habe Angst vor seinem Vorschlag. »Ab sofort gilt eines, wenn wir zusammen kochen, wird währenddessen nicht geküsst oder auch nicht betatscht. Es besteht sonst wirklich die Gefahr, dass etwas anbrennt.« Erleichtert über diese Regel, lasse ich zischend den Atem aus meinen Lungen. Ich habe bis eben nicht gemerkt, dass ich die Luft angehalten habe.

Mittlerweile ist es für mich ganz normal, dass ich morgens nicht aus meinem Zimmer komme, sondern aus dem von Hero. Verschlafen tapse ich in die Küche, mache mir eine Tasse Kaffee und lasse den ersten Schluck regelrecht auf meiner Zunge zergehen. Erst nach der heiligen schwarzen Flüssigkeit bin ich wach genug, um mir frische Sachen aus dem Schrank zu holen und mich unter die Dusche zu stellen.

Hero ist derweil meistens bereits im Büro. Er meinte, dass er, seit Jason nicht da ist, noch mehr Arbeit auf seinem Schreibtisch liegen bleibt und er seitdem ich bei ihm übernachte, morgens am produktivsten ist. Irgendwie glaube ich zwar, dass er einfach vor der Tatsache, dass wir jeden Morgen zusammen in seinem Bett aufwachen, davonläuft. Jedoch spreche ich dieses Thema nicht an.

Mit frischen Klamotten und nach einer kalten Dusche, welche auch meine letzten Gehirnzellen aufwecken soll, gehe ich ins Büro und lasse den Arbeitstag über mich ergehen. Bin ich froh, dass ich Cayla habe. Sie macht jeden Tag in der Arbeit besser.

»Wollen wir heute Mittag was essen gehen?«, fragt mich Cayla kurz vor zwölf Uhr. Ich blicke zuerst auf mein Handy, denn irgendwie habe ich, seitdem Hero meine Nummer hat, die Hoffnung, dass er mich einmal zum Mittag abholt, um mit mir zu essen. Doch das Nachrichtenportal bleibt ohne Benachrichtigung.

»Klar, können wir. Lass uns zu dem Sandwich-Laden ums Eck gehen.« Mein Magen knurrt bereits laut. Zusammen schlendern wir dahin, als ich eine bekannte Gestalt auf der anderen Straßenseite erkennen kann. Ich bleibe abrupt stehen und Cayla läuft voll in mich hinein.

Ich kann mich gerade noch abfangen, ohne dass ich mit den Knien auf der Straße lande. »Sorry, hab nicht gesehen, dass du stoppst. Warum bleibst du stehen?« Cayla stellt sich neben mich und versucht in dieselbe Richtung zu blicken wie ich. Sie scannt die Straße ab, schüttelt dann aber den Kopf. »Ich sehe nicht das Geringste.« Kann sie auch nicht mehr, denn er ist nicht mehr da.

Er ist bei den Häusern abgebogen und so kann ich ihn ebenfalls nicht mehr sehen. Doch warum ist er hier in meiner Nähe? Normalerweise hat er hier doch nichts zu tun?

»Hast du Hero gesehen?«, fragt mich Cayla. Sie vermutet, dass ich deswegen so reagiert habe. Doch dem ist nicht so. »Nein, nicht H-hero«, krächze ich. Cayla reißt die Augen weit auf, als sie es endlich schnallt. »A...A-aron«, spreche ich leise aus, was in dem Lärm der Straße fast untergeht. Mir läuft es kalt den Rücken hinunter und ich fühle mich gerade sehr unwohl. Ob er mir heimlich folgt?

Aron ist normalerweise niemals in dieser Straße. Seine Arbeit liegt am anderen Ende der Stadt.

»Du machst mich mit diesem Blick und dem blassen Gesicht ganz nervös. Komm, lass uns weitergehen und am besten, wir sprechen erst heute Abend darüber und denken über das eben nach. Beim Essen wird uns sonst der Appetit vergehen.« Ich habe mittlerweile keinen Appetit mehr.

Seit meiner Mittagspause zieht sich die Zeit. Die Zeiger an der Uhr wollen sich einfach nicht schneller im Kreis drehen. Auch wenn ich Cayla gegenüber so tue, als ob mich Arons Sichtung nicht mehr beschäftigen würde, so wühlt es mich innerlich sehr auf. Ich habe sogar schon überlegt, ob ich Hero schreiben soll. Aber ich glaube, dass ich einfach überreagiere. Meine Angst mich mit ihm von Angesicht zu Angesicht zu unterhalten, wird das sein. Genau.

Ein Klopfen an der Tür lässt Cayla und mich vom Bildschirm hochblicken. Ein großer junger Mann in einer gelben Uniform schiebt den Kopf zur Tür hinein. »Hallo Ladys, hier ist der Postbote. Ich habe ein Paket zum Abliefern.«

»Für wen ist es?«, fragt ihn Cayla. Der Postbote öffnet die Tür nun komplett und kommt mit einem überdimensionalen Rosenstrauß herein. »Hier ist eine Karte und darauf ist der Name Saskia vermerkt. Mehr steht hier leider nicht. Ich habe nur die Adresse bekommen und den Namen. Mehr wurde mir nicht gesagt.« Der Bote sieht etwas verlegen aus und weiß nicht so recht, was er nun machen soll. »Ich bin zwar nicht Saskia, aber ich nehme dir den Strauß einmal ab.« Cayla geht auf ihn zu und nimmt ihm den Blumenstrauß ab.

»Danke, dann brauche ich hier noch eine Unterschrift bitte.« Cayla deutet mit einem Kopfnicken in meine Richtung. Wie erstarrt sitze ich da und kann mich nicht mehr bewegen. Keine Ahnung wie ich es geschafft habe, den Beleg des Boten zu unterschreiben.

Erst als die Tür zufällt, blinzle ich ein paar Mal, damit die Starre sich auflöst. Cayla kommt zu mir und sofort weht der süßliche Duft der Rosen in meine Nase. »Das sind garantiert drei Duzend rote Rosen«, strahlt sie. Ich kann mich jedoch nicht wirklich darüber freuen. Denn eines weiß ich garantiert, die sind nicht von Hero oder von meinem Bruder.

»Oh, sieh mal. Eine wunderschöne Karte steckt da drinnen. Hier lies mal laut vor«, fordert sie mich auf. Mit zittrigen Händen fische ich die Karte aus der Mitte heraus und bekomme fast einen Herzausetzer, als ich diese öffne und die Handschrift darin erkennen kann. Meine Kehle trocknet während des Lesens aus und meine Zunge droht an meinem Gaumen festzukleben.

»Baby, I want you back. Come to me and I hold your hand, because I love you until the end of time. Forever yours, Aron.«

Jetzt ist auch Cayla verstummt. »Sind die von …?«

»Aron«, beende ich ihre Frage. Beim Aussprechen seines Namens überkommt mich ein eigenartiges Gefühl. »Wirst du die Rosen behalten?« Ich schüttle energisch den Kopf. »Soll ich sie wegschmeißen?«

»Schmeiß sie weg oder verschenk sie in der Abteilung. Ich will diese Rosen auf keinen Fall auch nur ansehen, geschweige denn mit nach Hause nehmen.« Ich blicke den Strauß an, als wäre er giftig und mit Säure verätzt. Meine Haut beginnt zu jucken und ich kratze mich an den Oberarmen. »Ich habe ein ganz komisches Gefühl bei der Sache.« Cayla nickt und sieht die Rosen an, als hätten sie die Antwort auf eine Frage, die wir nicht gestellt haben. »Irgendwie ist es süß, dass er dir Rosen schenkt, aber auf der anderen Seite auch merkwürdig. Vor allem der Text ist sehr … speziell. Keine Ahnung was ich davon halten würde.« Da hat meine Freundin recht. Es wäre auch eine süße Geste von

Aron, wenn nicht diese eigenartigen englischen Wörter auf der Karte stehen würden und er nicht so merkwürdig unterschrieben hätte. *Für immer dein*. Spinnt er denn nun völlig?

Den ganzen Weg nach Hause habe ich ein merkwürdiges Gefühl. Immer wieder blicke ich über die Schulter, weil ich mich beobachtet fühle. Mir kommt es vor, als würde mir jemand folgen. Auch ein nervöses Prickeln ist in meinem Nacken zu spüren.

Bevor ich noch ganz durchdrehe, hole ich mein Handy aus der Tasche und tue etwas, dass ich sonst niemals machen würde.

Ich rufe Hero an. Seine Stimme sollte mich beruhigen.

Es klingelt einige Male bis endlich abgehoben wird. Ich kann bereits an seinem *Hallo* erkennen, dass er genauso überrascht ist über den Anruf, wie ich. Schnell räuspere ich mich und versuche ganz normal zu klingen. »Hi, ich wollte nur kurz fragen, was wir heute Abend essen?«

Hero ist still auf der anderen Seite der Leitung. Ich habe schon Angst, dass er einfach auflegt. »Ähm, wir haben ja noch genug hier zum Kochen. Das wollten wir doch tun, oder? Hast du das schon vergessen?« Er klingt am Telefon ganz anders. »Stimmt irgendwas nicht?«

Ich winke schnell ab. »Nein, also ... ähm ... doch. Alles okay. Ich wollte nur einfach mal mit dir telefonieren.« Ob er mir meine kleine Notlüge abkauft? »Du hörst dich merkwürdig und so außer Atem an. Was ist los? Wo bist du gerade?« Ich sehe mich nervös um und kaue auf meiner Unterlippe. Ja, er hat recht. Mein Atem geht wirklich stoßweise, was auch an meinen immer schneller werdenden Schritten liegen kann.

»Saskia? Bist du noch da? Rede mit mir«, fordert mich Hero auf. Jetzt klingt seine Stimme besorgt und das möchte ich nicht. »Bin nur noch wenige Straßen von der Wohnung entfernt.«

»Soll ich dir entgegenkommen? Ich bin bereits in der Wohnung, doch dies wäre kein Problem für mich. Ist wirklich alles in Ordnung?« Ich schüttle den Kopf und muss gegen die Tränen ankämpfen, welche mir wegen der Panik hochkommen. »A-alles gut. Aber es wäre doch schön, wenn du vor dem Wohnhaus auf mich warten könntest.«

»Okay. Ich warte da auf dich und dann will ich wissen, was los ist.«

»Danke«, hauche ich und lege auf. Jetzt verfall ich in einen Laufschritt. Ich überhole die Menschen auf dem Gehsteig. Immer wieder sehe ich mich um, kann aber niemanden entdecken, der für mein schräges Gefühl verantwortlich ist.

Als ich nur noch wenige Meter von der Wohnung entfernt bin, kann ich bereits Hero auf der Straße erblicken. Er steht mit verschränkten Armen da und sieht sich mit einem wütenden Gesichtsausdruck um. Er ist bestimmt sauer, dass ich mich gerade so kindisch aufführe. Jetzt habe ich erst recht ein schlechtes Gewissen, dass ich ihn überhaupt angerufen habe.

Heros Blick trifft auf mich und er kommt mir ein paar Schritte entgegen. Keuchend laufe ich auf ihn zu und werfe mich in seine Arme. Atemlos lehne ich mich gegen ihn und bin froh, als er die Arme um mich schließt. »Hier stimmt etwas nicht«, meint er und drückt mich noch fester. »So hast du dich noch nie verhalten.«

»Bitte lass uns hochgehen«, sage ich und versuche meine Atmung zu normalisieren. Hero lässt mich nicht mehr los, sondern geht ganz dicht neben mir. Wie mein persönlicher Beschützer hat er seinen Arm um mich gelegt.

Endlich kann ich wieder freiatmen.

Hero ist ganz still. Er bringt mich ins Wohnzimmer und drückt mich regelrecht auf das Sofa. Dann stellt er sich vor mich hin und blickt mir forschend ins Gesicht. »Ich weiß, dass hier gerade etwas nicht stimmt. Du bist blass, verschwitzt und es steht noch immer Panik in deinen wunderschönen Augen. Willst du mir sagen, was los ist?« Ich überlege und senke meinen Blick. Irgendwie will ich es Hero erzählen, bringe aber die Worte dazu nicht aus dem Mund, weswegen ich deprimiert den Kopf schüttle. Außerdem würde er mir sicher nicht glauben, denn es war nur ein Gefühl, ich habe Aron nicht gesehen. Dieses Mal zumindest nicht.

Als ich an die Erinnerung denke, wie ich ihn heute Mittag auf der Straße erblickt habe, überkommt mich ein kalter Schauder. »Vielleicht kann ich dir helfen?«, versucht es Hero noch einmal und kniet sich hin. Er legt seine starken Hände auf meine Oberschenkel und nimmt meine Hände in seine. Sanft zeichnet er mit dem Daumen Kreise auf meinen Handrücken. »Vermutlich wird mir gerade einiges zu viel«, beginne ich. »Zuerst das mit der gescheiterten Beziehung, die fehlende Aussprache und dann das mit uns …«

»Soll ich dich in Ruhe lassen? Du musst es mir nur sagen, dann gehe ich dir aus dem Weg.« Erschrocken über seinen Vorschlag hebe ich den Kopf. »Was? Nein, auf keinen Fall. Es ist nur alles neu, mal keine Beziehung zu haben und so. Das mit uns ist schön«, sage ich zu ihm etwas kleinlaut und erröte dabei.

»Wenn dich mein Standpunkt überfordert, dann …« Ich hebe die Hand und bringe damit Hero zum Verstummen. »Alles gut. Ich bin damit ja auch einverstanden.« Und bevor Hero noch weiterhaken kann, stehe ich auf, streiche meine wirren Haare zurück und gehe in die Küche. »Lass uns kochen, ich habe Hunger.« Erneut eine Lüge von mir.

Denn der Appetit ist mir heute bereits reichlich vergangen.

23. KAPITEL

Hero

Mein Trainer Lou nimmt mich gerade sehr hart ran. Worum ich ihn auch gebeten habe. Seit Tagen wirkt Saskia so verängstigt. Dieser merkwürdige Telefonanruf von ihr liegt nun drei Tage zurück. Noch immer hat sie mir nicht erzählt, was an diesem Abend passiert ist. Doch ich habe so eine Vermutung. Jedoch hoffe ich, dass sie sich nicht bewahrheitet.

»Sag mal, Lou«, versuche ich während der ganzen Schläge auszusprechen. Kickboxen ist zwar anstrengend, lässt aber meinen Kopf frei werden. »Habt ihr hier auch Kurse für Frauen?« Lou bleibt stehen und ich erwische ihn fast mit der Faust am Kinn. Ein Knurren von ihm sagt mir, dass ich nun ebenfalls aufhören soll. »Warum fragst du? Willst du dir mal eine sportliche Tussi krallen?« Ein tiefes Lachen kommt aus seiner Brust.

Er ist der Typ Mann, dem man abends auf keinen Fall allein über den Weg laufen möchte. Seine von oben bis unten tätowierte Haut strahlt nicht nur Gefahr aus, sondern auch seine Glatze wirkt einschüchternd. Und ja, bei ihm kann diese nicht vorhandene Frisur angsteinflößen. »Red keinen Scheiß, Mann. Ich will keine aufreißen, das habe ich gerade nicht nötig.«

»Ah, also hast du eine am Start.« Ein dreckiges Lächeln erscheint auf seinem Gesicht. Am liebsten würde ich ihm jetzt die Fresse polieren. »Halts Maul! Das geht dich verdammt noch mal nichts an. Es geht um die ... die kleine Schwester meines Freundes.«

»Ah, so ist das. Die kleine Schwester.« Ich deute mit der Faust auf ihn. »Sag das nicht so! Jedenfalls ist sie, glaube ich, in Schwierigkeiten.« Lou nickt und es scheint, als ob er mich endlich verstehen würde. »Du würdest sie gerne zu einem Training schicken. Selbstverteidigung zum Beispiel?« Jap, er versteht mich. »Bring sie mal mit und wir können ihr gerne ein paar nützliche Tricks zeigen.«

»Mit wem würde sie trainieren?« Keinesfalls lasse ich jeden hier in Saskias Nähe. Allein der Gedanke Lou würde sie anfassen, treibt mich zur Weißglut. »Du kannst das auch machen. Es müsste nur einer dabeistehen, der Ahnung hat, wie man die verschiedenen Griffe ausführt.« Damit bin ich einverstanden. »Ich spreche mit ihr darüber und bringe sie mal mit.«

»Alles klar, so, und nun laber nicht wie eine Pussy, sondern zeig mir, was du draufhast!« Der beste Ansporn für ein paar kräftige Schläge.

Erledigt von dem harten Training gehe ich unter die Dusche. Das kalte Wasser läuft mir über den Rücken und erweckt neue

Energie. Gerade als ich meine Sachen zusammenpacke, kommt mir eine Idee. Ich will Saskia etwas aufheitern und tippe ihr daher schnell eine Nachricht.

Zieh dir was Hübsches an. Ich bin in wenigen Minuten da und hole dich ab. Heute wirst du ausgeführt.

Mit Schwung werfe ich mir die Sporttasche über die Schulter und gehe zu meinem Wagen. Saskias Antwort kommt prompt.

Ich dachte keine Dates?

Ein Lachen kommt über meine Lippen.

Ist es auch nicht. Nur ein schönes Abendessen mit einer umwerfenden Frau.

Keine Hintergedanken?

Ich schicke ihr einen zwinkernden Smiley zurück. Diese Frau hat es mir echt angetan, mehr als ich mir eingestehen will.

»Du meintest nur ein Abendessen. Jetzt habe ich nicht nur ein leckeres Dessert bekommen, sondern stehe auch noch mit einer großen Tüte Popcorn vor dem Kinosaal.« Allein Saskias unbeschwerte Miene war mir das alles Wert.

Wir haben zusammen wirklich lecker gegessen und uns dabei auch hervorragend unterhalten. Es entstand keine peinliche Stille zwischen uns. Ab und an habe ich sie sogar ganz sanft an der Hand oder dem Unterarm berührt und jedes Mal war es, als ob sie etwas erröten würde. Das machte für mich die Sache noch interessanter.

Als wir dann aus dem Restaurant gingen, legte ich ihr die Hand ganz tief in den Rücken. Ich könnte schwören, dass Saskia ein erregender Schauer darüber geronnen ist. Mir hat das sehr gefallen und ich muss auch gestehen, dass es mich sehr angemacht hat. Vor allem die Blicke der anderen Männer.

Eigentlich sollte ich darauf ganz anders reagieren, aber Saskias Ausstrahlung und ihr Erscheinungsbild rauben einfach einem Mann den Atem.

Nachdem ich nämlich in die Wohnung kam, um sie abzuholen und Saskia in einem knielangen, sehr figurbetonten, blauen Kleid vor mir stand, hätte sie mich beinahe in die Knie gezwungen. Ihre Wangen strahlten in einem rosigen Ton und ihre blauen Augen leuchteten wie das schönste Meer, dass es auf Erden gibt. Dazu hat sie ihre langen blonden Haare lockig geföhnt, was ihr ein engelsgleiches Erscheinungsbild verleiht.

So müssen Engel im Himmel aussehen, war mein erster Gedanken. Mein zweiter war, dass sie jedoch mit den schwarzen Heels viel zu sündig für den Himmel wäre.

»Du bist sicher, dass du dir diesen Film ansehen möchtest?«, frage ich sie sicherheitshalber noch einmal. Ich habe zwar bereits die Karten für den Thriller gekauft, aber meinetwegen kann ich sie auch verfallen lassen. Irgendwie erinnere ich mich wage daran, dass sie auf solche Art von Filmen nämlich nicht so steht. »Schon okay. Du willst ihn sehen, hast du zumindest vorhin gesagt.«

»Das will ich auch, aber ich kann ihn auch allein anschauen.« Langsam geht die Schlange vor uns in den Saal hinein und wir folgen im Schneckentempo. Saskia steckt sich gelassen ein Popcorn in den Mund. »Mein Plan ist es, einfach wegzusehen, wenn etwas Grausames oder Ekliges passiert. Das schaff ich schon.« Na, wenn sie sich da so sicher ist.

Eine Stunde – also ungefähr die Hälfte des Filmes - später ziehe ich Saskia hinter mir her. Sie hat fest die Augen zusammengekniffen und bedeckt diese auch noch zur Sicherheit mit ihrer freien Hand. Ich führe sie geschickt durch den dunklen Saal, hinaus aus dem Kino. Nachdem die Tür hinter uns zugefallen ist, kann ich mein Lachen nicht länger zurückhalten. Saskia zuckt kurz zusammen und öffnet dann ihre Augen.

Sie muss ein paar Mal heftig blinzeln, da es hier im Flur sehr hell ist, im Gegensatz zum Kinosaal. Saskia sieht zu mir herüber und wird prompt ganz rot im Gesicht. Mein Lachen verstummt, aber zurückbleibt ein freches Grinsen. »Ich sagte doch, nichts für schwache Nerven.«

»Nein, das stimmt nicht. Du und dieses komplett falsch beschriebene Filmplakat sagten nicht die Wahrheit. Denn ihr meintet, es sei ein Thriller. Ha! Von wegen. Eher ein Psycho mit Hang zum Horror.« Nun muss ich wieder Lachen. »Lach mich ruhig aus«, brummt Saskia.

Sie klingt leicht eingeschnappt, doch so meine ich das überhaupt nicht. Eigentlich finde ich sie gerade sehr süß, was ich ihr auch sage und auf sie zu gehe. Ich umfasse ihre Taille und ziehe sie an mich. Sofort dringt ihr blumiger Duft in meine Nase und beflügelt meine Sinne. »Das muss dir nicht peinlich sein, es ist meine Schuld. Ich hätte ahnen müssen, dass dies kein Film für dich ist.«

»Jetzt hast du nicht nur dein Geld umsonst ausgegeben, sondern auch den Film nicht ganz bis zum Ende ansehen können. Tut mir leid.« Saskia zieht eine niedliche Schnute und ich kann gar nicht anders, als sie zu küssen. Sanft presse ich meinen Mund auf ihren und werde augenblicklich von ihr zurückgeküsst. »Das hier entschädigt alles«, hauche ich an ihre Lippen und stehle mir den nächsten Kuss.

24. KAPITEL

Saskia

Eng umschlungen liegen wir in Heros Bett. Ich genieße seine Wärme und seine Stärke, fühle mich pudelwohl in seinen Armen.
Meine Lippen sind noch etwas geschwollen von den wilden Küssen. Hero ist so leidenschaftlich und sanft zu mir, dass ich schier nicht glauben kann, dass es real ist. Auch der fehlende Sex scheint ihn wirklich nicht zu stören. Hero ist seitdem nie weitergegangen, als ich es wollte.
Wir können uns eben auch mit den Händen und dem Mund Befriedigung verschaffen. Noch immer ist mein Schalter auf Off gestellt.

Seitlich schmiege ich meinen Körper an Hero, welcher mich festhält. Seine Finger zeichnen sanft auf meiner Haut, was immer wieder ein herrliches Kribbeln hervorzaubert. Meine Augen sind geschlossen, ganz entspannt liegen wir da. Keiner sagt etwas, wir genießen einfach die Nähe des anderen, bis Hero die Stille unterbricht: »Ich habe dir doch letztens erzählt, dass ich Kickbox-Training mache.« Ich nicke stumm. »Weil du letztens so, wie soll ich sagen, ohne, dass du sauer wirst ...«

»Sag es einfach«, meckere ich und verdrehe innerlich die Augen. Auch wenn Hero mich seitdem nie wieder darauf angesprochen hat, so weiß ich, dass er sehr gerne wissen will, was da mit mir los war.

»Du hast so verstört und gehetzt gewirkt, das hat mir selbst ein bisschen Angst gemacht. Und da kam mir beim letzten Training eine Idee.«

»Ich ahne Schlimmes.«

Hero schnaubt etwas gekränkt, weshalb ich mich auf den Ellenbogen abstütze, damit ich ihm in die Augen sehen kann.

»War nicht böse gemeint. Sorry. Was war deine grandiose Idee?« Noch immer blickt er etwas zerknirscht drein, weshalb ich ihm als Entschuldigung auch noch einen Kuss auf die Lippen hauche. Sofort kehrt das Strahlen in seinen Augen zurück.

Manchmal sind Männer wirklich einfach zu besänftigen.

»Mein Vorschlag ist, dass ich dich zum nächsten Training mitnehme und wir dort mit dir eine Stunde Selbstverteidigung üben. Wir können auch mehr Übungen machen, aber eine Stunde für die Grundtechnik, jede Woche wohl gemerkt, wäre nicht schlecht.« Selbstverteidigung?

Hm, warum bin ich darauf selbst nie gekommen.

»Klingt ganz gut. Ich musste mich noch nie mit diesem Thema auseinandersetzen, aber ich glaube, du hast recht. Ein bisschen Wissen auf diesem Gebiet kann einem das

Leben retten. Vor allem, da die Welt immer verrückter wird.«

»Frauen sind oft gefährdet und ich könnte auch wieder besser schlafen, wenn ich weiß, dass du dich zumindest etwas wehren kannst. Ich bin leider nicht immer in deiner Nähe ...«

Jetzt muss ich grinsen. »Du wärst gerne immer in meiner Nähe?«, frage ich ihn neckisch.

Darüber spricht Hero nicht gerne. Über seine Gefühle. Er sagt immer, er sei nicht geschaffen für eine feste Beziehung. Jedoch kapiert er gar nicht, was das hier gerade ist oder sagen wir mal, was daraus wird.

»Du bist mir die liebste Gesellschaft«, flüstert er an meinen Lippen. Zärtliche Küsse unterstreichen seine Worte und entfachen mein Blut.

»Das hier ist so verrückt und neu für mich. Aber es fühlt sich gut und richtig an.« Heros Mund wandert über meinen Hals zu meinen Brüsten. Er schiebt mir das Top hinunter und die kühle Luft sorgt dafür, dass meine Brustwarzen hart werden. Bevor er sie mit seiner Zunge verwöhnt, pustet er sanft darauf, was mich zum Stöhnen bringt.

»Allein der Gedanke, ein anderer Mann könnte das hier mit dir machen und dir solch erotischen Geräusche entlocken, lässt den Höhlenmenschen in mir hervorkommen und wild um sich brüllen.

Da würde ich dich am liebsten in meine Höhle verschleppen und dir zeigen, wem du gehörst.«

»Gehöre ich denn jemandem?«, frage ich atemlos und mit Herzklopfen.

»Wenn es nach meinem Herzen geht, dann eindeutig mir, ja. Nur meinem Verstand müssen wir das noch schonend beibringen, damit er nicht schreiend davonläuft.« Seine komische Erklärung bringt mich zum Kichern.

»Du bist echt crazy ...« und ich liebe dich.

Fast wären mir die letzten Worte rausgerutscht. Gerade noch rechtzeitig konnte ich mich zum Schweigen bringen. Für Hero ist das Eingeständnis bereits ein großer Fortschritt, ich würde ihn mit diesen Worten nur vertreiben.

»Wenn du weiterhin so süß zu mir bist, bekomme ich noch einen Zuckerschock.« Schneller als ich es überhaupt vorhersehen kann, packt mich Hero und dreht mich herum.

Nun liege ich unter ihm, sein muskulöser Körper drückt mich auf die Matratze. Wie eine Schildkröte liege ich auf dem Rücken und komme nicht mehr hoch. Noch dazu stemmt Hero sich neben meinen Kopf mit den Händen ab und hält mich so gefangen.

Sein Gesicht kommt meinem immer näher, bis sich unsere Nasenspitzen fast berühren. »Goldlöckchen, Männer sind niemals süß. Das ist ein Verbrechen an dem Wort und an uns Männern.« Ich muss mir auf die Lippe beißen, damit ich nicht laut lospruste.

»Dafür muss ich nun das Gesetz der Männlichkeit anwenden und dich bestrafen.« Ein erotisches Kribbeln durchläuft meinen Körper und ich winde mich etwas unter ihm.

»Wie sieht denn diese sehr ernstgemeinte Bestrafung aus?«, necke ich ihn.

Heros Augen verdunkeln sich, er leckt sich über die Lippen und neigt seinen Kopf.

Mit der Zungenspitze zeichnet er den Rand meines Ohrläppchens nach und flüstert dann: »Na so.«

Plötzlich geht alles ganz schnell. Hero erhebt sich etwas und auf einmal sind seine Hände überall. Er kitzelt mich wie ein Bekloppter durch.

Ich habe null Chance mich zu wehren. Mein Körper windet und dreht sich in alle Richtungen, aber ich entkomme Hero nicht.

Mein Lachen vermischt sich mit seinem. Ein kleines Handgemenge entsteht und ich kreische, wenn er eine ganz besonders empfindliche Stelle erwischt.

Mein Atem geht stoßweise und ich bin kurz vor einem Schluckauf, vor lauter Lachen und Kreischen.

»Erbarmen!«, schreie ich lauthals. »Weiße Flagge. Ich hisse die weiße Flagge!« Hero lacht und es ist eines der schönsten Geräusche.

»Aber nur, weil ich nicht mehr kann«, gibt Hero auf und rollt sich von mir hinunter. Dabei schnappt er mich und zieht mich auf seine Brust. Außer Atem liegen wir nun da. Beide haben wir ein Grinsen im Gesicht, als hätten wir gerade den besten Sex aller Zeiten gehabt.

»So aufgedreht kann ich nun nicht mehr schlafen«, jammere ich. Hero drückt mir einen Kuss auf den Scheitel.

»Denk dich einfach in einen schönen Traum, dann funktioniert das schon. Wirst sehen.«

»Machst du das auch?«

»Hm.«

»Wohin denkst du dich dann?«, frage ich neugierig. »Das wird nicht verraten, sonst funktioniert es nicht mehr.«

Wohin ich mich denke, weiß ich schon.

An einen schönen Strand, mit dem blausten Meer, das es gibt und neben mir den heißesten Mann, mit den wundervollsten grünen Augen, die ich kenne.

25. KAPITEL

Saskia

»Nicht nur Kraft ist bei der Selbstverteidigung entscheidend«, klärt mich Lou - der Trainer - auf, »sondern auch Geschicklichkeit, Schnelligkeit und vor allem musst du alles, was du bei dir hast, als Waffe einsetzen können.« Fragend ziehe ich eine Augenbraue hoch. Das klingt ja alles ganz toll, doch ob ich mich bei Gefahr da wirklich selbstschützen kann, ist eine andere Sache.

»Saskia, sag mir doch einmal, was du alles in deiner Tasche hast. Du hast doch sicher auch immer eine Handtasche bei dir? Jede Frau hat das.« Zustimmend nicke ich.

»Natürlich habe ich immer eine dabei. Dort verstaue ich viele Sachen«, sage ich und schiele zu Hero hinüber, der neben mir steht.

Er hat seine Arme vor dem Körper verschränkt, was seine Muskeln nur noch besser aussehen lässt. Das kurze Trainingsshirt von ihm betont den trainierten Körper ungemein gut. Wie soll ich mich da auf die Stunde konzentrieren, wenn ich so einen Leckerbissen von Mann neben mir stehen habe?

Noch dazu hat Lou gemeint, Hero soll mit mir anfangs trainieren, damit ich mich mehr traue und von einem fremden Trainingspartner nicht abgelenkt bin. Die Wahrscheinlichkeit, dass Hero mich mehr ablenkt, ist jedoch größer. Jedoch muss ich auch zugeben, dass ich nicht von einem anderen Mann, den ich nicht kenne, angefasst werden möchte. Bei diesem Training ist Körperkontakt vorausgesetzt.

»Am besten ist, du holst deine Tasche aus dem Spint und wir sehen mal zusammen nach. Ich kann dir zeigen, was sich zur Abwehr eignet und was nicht.« Ich nicke und blicke zu Hero. Dieser hat meine Sachen in seinen Spint versperrt. Er kommt auf mich zu und legt mir schützend eine Hand auf den Rücken. Schweigend gehen wir die Tasche holen und ich zeige sie Lou. Dieser bittet mich alles auszuräumen, was groß und stabil ist. Das sind nicht viele Sachen.

Ich packe mein Handy raus, meinen Schlüsselbund, eine kleine Deoflasche, genauso wie eine Flasche Parfüm und ein kleines Täschchen mit Make-up und co. Lou sieht mich an und grinst. »Das ist echt prima. Ich sage dir jetzt, was du alles verwenden kannst. Was glaubst du?« Ich zucke mit der Schulter und nehme die Deoflasche in die Hand. »Damit kann ich ihn ansprühen. Die Dinger brennen extrem, wenn man es in die Augen bekommt.«

»Stimmt, genauso gefährlich wie ein Pfefferspray. Vielleicht sogar noch schädlicher, was dich bei einem Angriff aber nicht zu interessieren hat. Da ist deine Sicherheit am wichtigsten. Nur eines muss dir immer klar sein, jede deiner Handlungen könnte auch für dich strafbar sein. Denn verteidigst du dich zu aggressiv gegen jemanden, der dir gar nichts Böses will, wirst du dafür belangt werden. Leider heißt das also auch, du musst abwarten, wie sich dein Angreifer dir gegenüber verhält. Erst dann kannst du entscheiden, ist es besser wegzulaufen oder sich zu wehren.« Hero knurrt neben mir. »So ein Bullshit! Jede Frau, die sich bedrängt fühlt, sollte das Recht haben sich zu schützen. Egal wie.«

»Tja, Bro. Dann wären vielleicht mehrere Straftaten vereitelt worden, doch leider auch mehr Frauen zu Unrecht verurteilt. Dies ist eben ein sehr heikles und schwieriges Thema. Deswegen muss man alles genau durchdenken und sich auf sein Bauchgefühl verlassen«, wendet sich Lou wieder an mich. Ich passe genau auf, was er mir sagt, denn ich ahne, dass ich irgendwann die Techniken brauchen werde.

Das verrät mir mein Bauchgefühl schon jetzt.

»Mit dem Schlüsselbund kannst du dich auch super verteidigen, genauso wie mit deinem Handy. Komm her und ich zeige dir, wie du die Sachen richtig hältst und wie du damit zuschlägst. Hero, stell dich da vorne hin. Wir testen das Mal an dir.« Lou sieht Hero mit einem schiefen Grinsen an. Wie es aussieht, hat Lou seine Freude daran Hero etwas zu vermöbeln. Ich hingegen nicht. Vorsichtig mache ich alle gezeigten Übungen nach. Immer wieder wiederholen wir die Bewegungen, bis ich mir sicher bin. Nach einer Stunde bin ich nicht nur durchgeschwitzt, sondern auch am Ende.

Meine Brust hebt und senkt sich viel zu schnell. Mein Puls rast und meine Klamotten sind durchgeschwitzt. Als Lou die erste Stunde beendet, fühle ich mich kraftloser als zuvor. Hero schlingt seinen Arm um meine Schulter und ich lehne mich dankend an ihn. Wir gehen in die Umkleide, nehmen getrennt eine erfrischende Dusche und fahren dann zusammen zurück in die Wohnung.

Schweigend geschieht das alles. In meinem Kopf gehe ich immer wieder die Übungen durch. Ein bisschen mehr Sicherheit gibt mir das Wissen, dass ich mich etwas wehren könnte. Ob ich dann alles einsetzen kann, weiß ich nicht. Doch ich habe ja noch einige Stunden Training vor mir.

Hero öffnet für mich die Tür und lässt mich als erste in den Hausflur gehen. Schleppend steigen meine Beine die Stufen nach oben. Ich will jetzt nur noch auf die Couch und mich senkrecht hinlegen. Als ich vor unserer Wohnungstür ankomme, bleibe ich abrupt stehen, sodass Hero, der hinter mir geht, in mich hineinläuft. Schnell packt er mich noch an der Schulter und verhindert so, dass ich gegen die Wand knalle. »Sorry, hab nicht gemerkt, dass du stehengeblieben bist.« Ich will etwas sagen, doch mein Mund bleibt stumm.

Mit vor Schreck geweiteten Augen stehe ich da und sehe auf den Boden. Dort unten steht, an unserer Tür gelehnt, eine Schachtel Pralinen in Herzform. Mir steigt bittere Galle hoch. Ohne die Packung hochzuheben und nachzusehen von wem sie ist, weiß ich es schon.

Ein eiskalter Schauer läuft mir den Rücken hinunter und ich weiche automatisch einen Schritt zurück. Hero sieht von mir zur Pralinenschachtel und zählt dabei eins und eins zusammen. Mit einem tödlichen Blick geht er in die Knie und hebt die Schachtel hoch. Ohne ein Wort dreht er sich um und läuft die Stufen nach unten.

Wie erstarrt blicke ich ihm nach, mache aber keine Anstalten ihm zu folgen oder ihn aufzuhalten.

Bevor er wieder bei mir erscheint, ist das Zufallen einer schweren Tür zu hören. Fragend sehe ich ihn an. »Ich habe die Schokolade sofort in den Abfallcontainer geschmissen«, flüstert er bedrohlich. Seine Nasenflügel blähen sich auf und seine

Augen sind dunkler geworden. Mir stellen sich die Nackenhaare auf, als ich ihn so sehe.

Jetzt wirkt er gefährlich und fast schon unzurechnungsfähig. »Willst du mir etwas sagen?«, fragt er mich und schiebt mich gleichzeitig in die Wohnung hinein. Wie in Trance gehe ich ins Wohnzimmer und setze mich hin.

Meine Knie geben nach und meine Hände zittern wie verrückt. Mir ist vorhin gar nicht aufgefallen, dass mein gesamter Körper zittert. Hero erscheint vor meinem Blickfeld und reicht mir ein Glas kaltes Wasser. Er schiebt sich den Wohnzimmertisch näher heran und setzt sich darauf. Dann beugt er sich nach vorne und sieht mich an. »Rede mit mir«, haucht er. Dieses Mal klingt seine Stimme nicht mehr so bedrohlich, eher mitfühlend.

Ich kann ihm nicht in die Augen sehen, als ich ihm von den Blumen im Büro erzähle. Auch den merkwürdigen Zettel erwähne ich. »Du solltest zur Polizei gehen.

Das hier sieht für mich sehr nach Stalking aus, Saskia.«

»Aron ist nicht gefährlich«, krächze ich. Noch immer verteidige ich diesen Kerl, obwohl er es nach diesen Aktionen nicht verdient hat. Doch ich kenne Aron. Er würde mir niemals etwas antun. Aron ist einfach gekränkt, weil ich ihn so Hals über Kopf verlassen habe. Die Aussprache mit ihm wird immer wichtiger.

»Ich werde mit ihm reden müssen. Ihm erklären, dass das so einfach nicht geht. Es ist aus zwischen ihm und mir. Allein wenn ich daran denke wie er …« Ich verstumme und sehe augenblicklich dieses Bild vor mir. Wie sich Arons Körper vor und zurückbewegte, während er die andere Frau in unserem Bett gevögelt hat. Mir wird erneut schlecht.

»Ich lasse dich garantiert nicht mit ihm allein! Auch nicht zum Reden, wer weiß, was dieser Verrückte im Schilde führt.« Hero ist nun wieder außer sich. Ich lege meine Hand auf seine, um ihn zu beruhigen. »Er wird mir nicht wehtun und diese Aussprache ist einfach nötig, damit er und auch ich, endlich einen Schlussstrich ziehen können.«

Hero schüttelt den Kopf. »Doch ist es«, sage ich. Davon lasse ich mich nicht abbringen. »Nur wenn ich mitkomme«, beharrt Hero.

»Das kannst du nicht. Aron würde sicherlich durchdrehen, wenn ein fremder Mann mit mir kommen würde.« Ich kaue auf meiner Unterlippe. Auch wenn Hero und ich keine Beziehung haben, würde Aron dies sofort denken. Das kann ich ihm dennoch nicht antun.

»Gib mir einfach ein paar Tage Zeit. Ich überlege mir etwas und dann sehen wir weiter. Jetzt will ich aber nicht mehr an ihn denken, sondern einfach nur noch ins Bett.« Ich stehe müde auf und gehe in Jasons Zimmer. Dort ziehe ich mich um und mache mich bettfertig. Hero folgt mir und bleibt angelehnt am Türrahmen stehen. Seine Augen folgen jeder meiner Bewegungen.

»Schläfst du heute Nacht denn nicht bei mir?«, fragt Hero kleinlaut. Seine Frage lässt mich lächeln. »Willst du das denn?« Mein Herz schlägt dreimal so schnell und ich halte die Luft an, während ich auf seine Antwort warte.

»Du gehörst in mein Bett. Also ja, bitte schlaf bei mir, damit ich dich in meinen Armen halten und beschützen kann.«

26. KAPITEL

Hero

Saskia war mit mir bereits dreimal beim Training. Sie hat seit dem ersten Training endlich etwas mehr Selbstbewusstsein und greift geschickter in die gestellte Szene ein. Auch die Hilfsmittel, welche ihr Lou zur Verteidigung gezeigt hat, nimmt sie geschickt in die Hand. Es nützt ja nichts, wenn man weiß, was man damit tun kann, wenn man es nicht richtig einsetzt.

Ab und an hat sie mich mittlerweile echt schon heftig erwischt. Einmal war sie knapp davor, mich für die Ewigkeit zu kastrieren. Die Jungs im Klub haben sich vor Lachen nicht mehr eingekriegt, als mir Lou einen

Eisbeutel übergab und ich ihn mir auf mein bestes Stück legen musste. Das Eis tat anfangs jedoch auch nicht so gut, was ich aber nicht zeigen wollte, daher biss ich die Zähne zusammen. Saskia war das mega peinlich und sie hat sich mindestens hundertmal bei mir entschuldigt und mich mit ihren süßen unschuldigen Augen angesehen.

Am Abend hat mich Saskia dann liebevoll betüdelt und sich um alles gekümmert.

Mittlerweile fehlt mir der Sex zwischen uns überhaupt nicht. Wir verschaffen uns auch so pure Lust und die Leidenschaft kommt niemals zu kurz.

Das alles geht zwar noch nicht lange, doch es fühlt sich immer richtiger an. Es ist sogar schon so weit gekommen, dass ich mir nicht einmal mehr vorstellen kann, dass sie nicht in meinem Bett liegt. Mir kommt der Gedanke, dass ich meinen Vorschlag noch einmal überdenken sollte.

Eine feste Beziehung mit Saskia – auch wenn bei dieser Vorstellung mir noch immer im Hinterkopf eine böse kleine Stimme eine Warnung erteilt – wird für mich immer wahrscheinlicher. Außerdem laufe ich allein bei diesen Gedanken nicht mehr schreiend davon. Das ist ein Fortschritt für mich. Beziehungen bin ich bis jetzt immer aus dem Weg gegangen.

Der lange Arbeitstag ist endlich vorbei. Bevor ich mich jedoch auf den Weg mache, schreibe ich Saskia noch schnell. Vielleicht kann ich sie ja im Büro abholen und mit ihr essen gehen.

Rasch bekomme ich ihre Antwort. Ich texte ihr, dass sie auf mich warten soll. Ein Grinse-Smiley lässt mich wissen, dass sie meiner Bitte nachkommt. Wie ein liebeskranker Vollidiot spaziere ich aus dem Gebäude, schnurstracks auf mein Auto zu und fahre die paar Straßen weiter zu Saskias Arbeitsstelle.

Als ich dort ankomme, wartet sie vor dem Bürogebäude auf mich. Ihre schrille

Freundin Cayla steht neben ihr und sieht mit leicht geöffnetem Mund in meine Richtung. Ich muss mir ein Lachen und den Drang, mir auf die Brust zu klopfen wie ein Höhlenmensch, verkneifen.

Ich lenke den Wagen an den Seitenrand, steige galant aus und werfe den Mädels ein sexy Lächeln zu. Saskia sieht mich an und strahlt. Diese Reaktion von ihr lässt mein Herz höherschlagen. Ihre Freundin Cayla ist für mich gerade in den Hintergrund gerückt und wurde für unwichtig eingestuft. Ich habe nur Augen für ein Mädchen.

»Hi Goldlöckchen«, hauche ich. Sobald ich in ihrer Nähe bin, packe ich sie an der Taille und ziehe Saskia an mich. Ihr erfreutes Aufkeuchen regt meinen Blutdruck an. Saskias Begrüßung wird von mir verschlungen, als ich meine Lippen auf ihre drücke und ihr einen heißen Kuss stehle. Das Funkeln, welches danach in ihre Augen tritt, ist eines der schönsten Dinge, die ich jemals gesehen habe.

»Hast du schon etwas vor?«, frage ich scheinheilig. Auch wenn sie keine Zeit hätte, mit einem Nein würde ich mich keinesfalls zufriedengeben. Zu meinem Glück schüttelt sie den Kopf und lehnt sich automatisch näher an mich. Zufrieden klopft sich mein innerer Neandertaler auf die Schulter und grunzt wie eine ausgewachsene Wildsau.

Ich neige meinen Kopf, damit ich ihrem Ohr ganz nahe bin und flüstere: »Dann lass dich von mir entführen.« Der sanfte Schauder, der mein Kuss nach dieser Bitte verursacht, ist mir Antwort genug und ich zähle ihn als ein Ja.

Saskia winkt ihrer Freundin noch zum Abschied zu und zusammen gehen wir zu meinem Wagen zurück.

Im Eilverfahren bin ich noch schnell bei der erst besten Tankstelle stehengeblieben und habe für uns ein paar Sachen eingekauft. Hoffentlich sind diese auch genießbar. Ich habe in der Hektik alles eingepackt, was meine Hände greifen konnten.

»Wohin werde ich denn entführt?« Wie es aussieht hat Saskia nun ihre Stimme wiedergefunden. Da ich sie heute verführen und verwöhnen möchte, gebe ich mich besonders geheimnisvoll. »Das wird eine Überraschung. Ich hoffe, du magst Überraschungen.«

»Wenn sie positiv sind, liebe ich sie!« Freudig klatscht Saskia in die Hände und kichert aufgeregt. »Sehr gut. Dann sehe dies als unser erstes ganz offizielles Date an.« Jetzt werde ich selbst etwas nervös, wenn ich das so sagen darf.

Ich schlucke trocken und muss kurz meine Nerven beruhigen. Saskia muss die innere Unruhe spüren, denn sie legt ihre Hand auf meine und drückt diese sanft. »Eine Hauptpremiere wie es aussieht«, meint sie frech und lockert damit gleichzeitig meine Anspannung. Ich nicke nur und sage einfach mal nichts. Saskia kennt mich mittlerweile, sie weiß, dass ich das mit Frauen nicht mache. Hoffentlich kommt meine Idee bei ihr so gut an, wie ich es mir ausgemalt habe.

»Danke«, sagt sie irgendwann in das Schweigen hinein. Noch immer sind unsere Hände über dem Schalthebel ineinander verschränkt. »Jetzt liebe ich die Überraschung gleich noch viel mehr.« Mein rechter Fuß tritt freudig auf das Gaspedal, damit wir schneller zu dem Ort gelangen, an den ich sie entführen will.

»Mittlerweile wirkt es echt schon beängstigend echt mit der Entführung«, meint Saskia lachend. Eine viertel Stunde ist vergangen, seitdem ich sie abgeholt habe und gerade fahren wir einen schmalen Waldweg entlang, schnurstracks durch das dichte Unterholz.

»Wird vermutlich am Wald liegen«, meine ich keck und zwinkere ihr kurz zu. Schnell richte ich wieder den Blick nach vorne. Diese Waldstraße ist sehr holprig und ich will keinesfalls vom Weg abkommen.

»Ich bin ja auch für den Naturschutz und so, aber deswegen musst du mir nicht gleich Bäume bei unserem Date zeigen.« Wieder dieses Wort. *Date*. Doch dieses Mal macht es mich nicht mehr so nervös.

Gelassen zucke ich mit der Schulter. »Bei euch Frauen kommen doch romantische Plätze immer gut an, also dachte ich mir, ich zeige dir meinen geheimen Platz.« Dieses Mal soll es etwas Besonderes werden. Das Date im Kino war kein richtiges – im Vergleich zu heute - denn damals waren meine Gefühle und meine Einstellung noch grundverschieden.

»Du hast einen geheimen Ort? Wirklich?« Saskia klingt begeistert und scheint meine etwas dummen Worte zu diesem Thema überhört zu haben. »Na ja, also wenn ich ehrlich bin, ist er nicht so geheim. Manche Menschen kennen ihn ebenfalls, da es ein mystischer Ort ist. Dieser Platz hat eine kleine Geschichte.« Ein bisschen Angeben wird ja noch erlaubt sein.

»Oh, jetzt bin ich aber neugierig!« Saskia dreht sich zu mir und sieht mich mit strahlenden Augen an. »Hat dieser magische Ort auch einen Namen?«, fragt sie mich.

»Natürlich, sonst wäre die Geschichte ja langweilig. Aber ich erzähle es dir erst, wenn wir dort sind.« Mit einem niedlichen Schmollmund versucht sie mich weichzubekommen. Aber ich gebe nicht nach.

»Nach der nächsten Kurve halten wir. Dann sind es nur wenige Schritte bis dort hin. Ich habe eine Taschenlampe mitgenommen, damit wir besser sehen können. Schließlich wird es hier im Wald schneller dunkel.«

Nachdem ich den Wagen an besagter Stelle geparkt habe, steigen wir aus und ich hole einen Rucksack aus dem Kofferraum. Ich reiche Saskia eine Taschenlampe und schalte meine ebenfalls ein. Jetzt ist es noch nicht so dunkel, doch ich möchte nicht, dass sie über eine Baumwurzel stolpert, welche man in diesem Dämmerlicht schlecht sehen kann.

Saskia hält mir ihre Hand hin und ich nehme diese. Ich ziehe sie an mich und gebe ihr einen leidenschaftlichen Kuss. Sofort fängt mein Körper Feuer. Ein Stöhnen entwischt uns beiden. »Ich muss jetzt sämtliche Selbstbeherrschung aufbringen, die ich noch in mir habe, damit ich nicht an Ort und Stelle über dich herfalle«, krächze ich atemlos. Saskia kichert süß und drückt mir einen sanften Kuss auf die Nasenspitze. Ich weiche einen kleinen Schritt zurück und deute mit einem Nicken in die Richtung, in die wir nun gehen.

»Etwas gruselig wirkt es schon«, gesteht Saskia, welche dicht hinter mir geht. Ich drehe mich um und grinse. »Ihr Frauen und eure Angst. Keine Panik, ich bin ja da.« Saskia gibt mir einen Klaps auf die Schulter. »Du klingst gerade sehr eingebildet.« Wir lachen zusammen und das ist ein Ton, welcher mir sehr gefällt.

»Wir sind da«, erkläre ich leise und gehe einen Schritt zur Seite, damit Saskia besser über den Waldsee blicken kann. Ein lautes

Wow kommt über ihre Lippen. Genau das war auch meine erste Reaktion, als ich diesen verborgenen See entdeckt habe.

»Beim Joggen bin ich einmal aus Versehen hier gelandet und seitdem liebe ich diesen Ort. Das ist der magische Waldsee eines Prinzen. Bekannt unter den Namen Prinzensee.«

Saskia schüttelt mit offenem Mund den Kopf. »Noch nie davon gehört.«

Ihr Blick geht über den See und den Wald. Man kann von hier aus auf das andere Ufer blicken. Richtig groß ist der See nicht, dafür wunderschön. Im Sonnenschein glitzert das Wasser wundervoll blau und an manchen Stellen in Ufernähe ist es irgendwie rötlich. Sagen erzählen, dass er von einem Magier verhext wurde und diese Magie noch immer an den roten Stellen zu erkennen ist. »Andere behaupten einfach«, erzähle ich weiter, »es sei Dreck oder irgendeine andere Ablagerung des Wassers und der Umwelt. In dem Bootshaus dort drüben befindet sich auch noch ein Boot.

Leider ist die Hütte jedoch gut verschlossen, sodass wir nicht hineinkönnen.«

»Dieser Platz wirkt wirklich magisch. Den musst du mir unbedingt auch einmal bei Tageslicht zeigen.«

»Sehr gerne«, verspreche ich ihr. Ich steuere nun mit Saskia das Bootshaus an, denn dort ist neben dem Haus ein kleiner Steg, auf dem ich mich mit ihr niederlassen möchte. Dort kann ich die Decke ausbreiten, welche ich - neben etwas zu Essen und Trinken - eingekauft habe.

»Halt bitte kurz den Rucksack.« Die Decke ist schnell ausgebreitet und so setzen wir uns hin. Ich packe Saskia vor mich, damit ich meine Arme um sie legen kann und ich ihr ganz nah bin.

Lange Zeit herrscht Stille zwischen uns. Wir lassen die Umgebung auf uns wirken und lauschen den Geräuschen des Waldes. Hier kann man wirklich alle Sorgen des Alltages vergessen und so richtig abschalten.

»Hast du Hunger?«, frage ich leise und ganz dicht an ihrem Ohr. Mein Atem verursacht bei Saskia eine Gänsehaut, wie ich trotz der Dämmerung gut erkennen kann.

»Etwas zum Trinken wäre gut.« Ich lasse Saskia los und ziehe den Rucksack an mich. Dankend nimmt sie die Limodose entgegen. »Gar kein Alkohol?« Um ihre Frage zu beantworten, packe ich weiter aus und hole eine Miniflasche Prosecco und zwei Pappbecher heraus.

Saskias süßes Lachen hallt durch den Wald und zaubert mir eine leichte Gänsehaut auf die Arme.

27. KAPITEL

Saskia

Wer hätte das gedacht?

Hero hat sich nicht nur bereiterklärt, dass hier als unser erstes ganz offizielles Date zu benennen, nein, er hat es auch gleich noch mit diesem Ort zu etwas ganz Besonderem gemacht.

Die sanften Schauer, die mir die ganze Zeit über den Rücken laufen, verursachen ein angenehmes Kitzeln am Rücken.

Dankend nehme ich den Pappbecher mit dem Prosecco entgegen und halte diesen hoch. »Darauf muss doch ein Toast ausgesprochen werden«, verkünde ich mit einem breiten Lächeln. Hero nickt zustimmend und hebt seinen Becher ebenfalls.

»Auf die Premiere mit dem schönen Date. Auf diesen magischen Ort, der einen wahrlich verzaubert und auf alles Weitere, was noch kommen mag«, lasse ich den Toast offen ausklingen.

»Ich würde sagen, einfach auf uns.« Seine letzten drei Worte lassen mich strahlender leuchten, als die Sterne, die über uns hoch am Himmelszelt stehen. Dass Hero so etwas sagt, hätte ich niemals erwartet. Er überrascht mich heute in mehr als nur einer Hinsicht.

Wir stoßen an und trinken einen Schluck von der alkoholischen Brause. Nicht einmal während des Trinkens mag mein Grinsen vergehen. Ein Wunder, dass ich mich nicht verschlucke.

»Und was nun?«, frage ich ihn schüchtern. Er zieht den Rucksack zu sich und packt eine Glasschüssel aus. »Nun gibt es eine süße Verführung für den Gaumen.« Neugierig setze ich mich auf und sehe zu, wie er den Deckel abnimmt. Ich habe zwar schon irgendwie erwartet, dass es Erdbeeren sein werden, doch als er sie wirklich enthüllt, bin ich dennoch sprachlos.

»Zu klischeehaft?«, fragt er mich vorsichtig. Als Antwort zucke ich mit der Schulter und stibitze mir gleich eine rote Erdbeere aus der Schüssel. Er lacht und schüttelt gleichzeitig den Kopf. »Hätte mir jemand vor einem Jahr gesagt, dass ich das hier einmal tun werde, hätte ich die Person für verrückt erklärt und in die Geschlossene einweisen lassen.« Hero sagt das so, als würde er selbst nicht glauben können, was wir hier machen. »Doch es ist perfekt.«

Ich halte den Atem an. Mein Herz steht still. »Mit keiner anderen Frau könnte ich mir das hier vorstellen. Nur du machst das alles perfekt.« Hero beugt sich nach vorne, legt mir zärtlich eine Hand auf die Wange, streicht mit dem Daumen über meine Haut und küsst mich sanft.

Um mich ist es geschehen. Ganz offiziell.

Ich habe mich in diesen merkwürdigen Kauz verliebt.

Nur allzu gerne erwidere ich seinen Kuss. Mein Körper neigt sich ihm entgegen und wird automatisch weicher und geschmeidiger. Wie ein süßes Kätzchen will ich mich an ihm reiben. Hero rückt näher heran und drückt mich sanft mit dem Oberkörper nach hinten. In Zeitlupe legen wir uns hin und küssen uns währenddessen ununterbrochen. Unsere Lippen kleben aneinander, unsere Zungen tanzen einen verführerischen Tanz zusammen, dessen Takt nur sie selbst kennen.

In liegender Position haben meine Hände einen uneingeschränkten Zugang zu Heros Köper. Sanft schiebe ich daher die Handflächen unter sein Shirt und zeichne kleine Kreise auf seine erhitzte Haut. Ein Stöhnen dringt aus seinem Mund, was mein Blut zum Kochen bringt. Die Hitze zwischen uns wird immer aufgeheizter und das Knistern in der Luft ist regelrecht zu spüren. All meine Härchen stellen sich erregt auf.

Meine Nervenenden spielen bereits bei der kleinsten Berührung verrückt.

Ich drücke den Rücken etwas durch und biete mich so Hero noch besser an. Sein Instinkt reagiert sofort auf die Einladung. Mit heißen Küssen wandert er von meinem Mund abwärts. Zieht eine Spur mit seinen Lippen über meinen Hals, liebkost die empfindliche Stelle unterhalb des Ohres. Eine seiner Hände wandert derweil nach oben und schiebt mein Top zur Seite, wodurch meine Brüste zugänglicher werden.

Als Hero die aufgerichteten Nippel in den Mund nimmt, kann ich ein lautes Keuchen nicht mehr unterdrücken. Mein Rücken drückt sich noch mehr durch. Alles in mir schreit nach mehr. Verlangt nach Erlösung. Heute ist dieses Gefühl anders.

Intensiver.

Ich will heute alles von Hero haben. Er hat sich mir geöffnet und gibt uns beiden eine Chance, aus diesem Grund will ich das hier jetzt umso mehr. So gut es geht, ziehe ich an seinem Shirt. Hero versteht mich, richtet sich kurz auf und zieht es aus. Ich lecke mir über die Lippen, als ich Heros muskulösen Oberkörper im Mondschein betrachte. Für eine kurze Zeit gewährt er mir diesen Anblick, bevor er mich wieder mit Küssen verwöhnt. Da er nun mit freiem Oberkörper da ist, versuche ich – so gut es in liegender Position eben geht – mich ebenfalls obenrum frei zu machen. Hero hilft mir dabei geschickt und so liegen mein Top und mein BH schnell am Rand des Steges.

Der sanfte Wind, der unsere überhitzten Körper abkühlt, sorgt für eine Gänsehaut. Aber nicht nur der kühle Abendwind trägt Schuld daran. Als Hero seine Hose abstreift und nun nackt ist, kann ich ein Zittern kaum noch unterdrücken. Fest beiße ich meine Zähne zusammen, damit diese nicht verräterisch klappern.

»Ist dir kalt?«, fragt er mich fürsorglich. Ich schüttle nur stumm den Kopf. »Du weißt, wir müssen nicht weitergehen …« Ich bringe ihn zum Schweigen, als ich ihm einen Finger auf die Lippen lege. »Ich will es. Dich. Ich will dich«, flüstere ich schon fast schüchtern. Gut, dass die Dunkelheit meine vor Aufregung geröteten Wangen verbirgt. »Und frag mich jetzt nicht, ob ich sicher bin. Denn das bin ich.« Hero blickt mir fest in die Augen und verlässt sich auf meine Worte, stimmt denen ohne Widerrede zu.

Ich schlinge meine Hände um seinen Hals und küsse Hero zärtlich, dabei ziehe ich ihn zu mir. Zusammen sinken wir nach hinten. Schneller als ich überhaupt registrieren kann, bin ich ebenfalls komplett nackt.

Die glitzernden Sterne am Himmel und der leuchtende Mond sind unsere Zeugen, dass Liebe auch bei schwierigen und etwas verkorksten Menschen möglich sein kann.

Zusammen erreichen wir den Gipfel der Lust.

Völlig außer Atem, aber sehr glücklich, liege ich nun in Heros Armen. Sein Brustkorb hebt und senkt sich sehr schnell, genau wie meiner. Ich öffne die Augen und blicke zum Himmel hoch. Die Sterne funkeln und die Geräusche der Nacht hüllen uns ein. Es ist ein unvergesslicher Moment und ein Abend, den ich niemals bereuen werde.

Hero zieht mich noch enger an sich, damit ich es schön warm habe. Wir haben mittlerweile die Decke, die er mitgebracht hat, über uns gelegt, da die kühle Nachtluft bei mir einen leichten Schüttelfrost verursacht hat. Sanft fahre ich mit meinem Zeigefinger auf seiner Brust hin und her. Diese Geborgenheit und die Sicherheit, welche er mir gibt, erwecken in mir so viele Gefühle gleichzeitig, dass ich diese nicht einordnen kann. Am liebsten würde ich brüllen, kreischen, weinen und lachen gleichzeitig.

»Es ist wundervoll mit dir hier«, sage ich leise in die Dunkelheit hinein. Hero drückt mich kurz und haucht mir einen Kuss auf den Scheitel. Vermutlich sind meine Haare gerade einem Vogelnest sehr ähnlich.

»Du bist wundervoll. Mein Wunder.« Mein Grinsen könnte sich auf meinem Hinterkopf treffen, wenn da nicht meine Ohren dazwischen wären. »Ich hoffe, dass ich dich nicht überrumpelt habe. Eigentlich hatte ich es so nicht geplant, aber deine Planänderung hat mir sehr gut gefallen.«

Zur Bestätigung der Worte drückt mir Hero sein Becken entgegen und ich kann erneut seine Erektion auf der Hüfte spüren. Augenblicklich kommt mein Blut wieder in Wallung und zwischen meinen Beinen beginnt es freudig zu kribbeln.

»Planänderungen sind immer die besten. Das musst du dir merken. Du standest schließlich auch niemals auf meinem Plan«, gebe ich frech von mir. Heros Lachen spüre ich mehr, als dass ich es höre. »Es ist sehr schön, dass ich deine Meinung über mich ändern konnte, schließlich hast du mein gesamtes Weltbild einer festen Freundin verändert. Nun bin ich geschädigt und kann ohne das ganze Zeug nicht mehr schlafen.« Fast verschlucke ich mich an meinem

Lachen und muss daher erst einmal kräftig husten. »Aww du armer, fieser Kerl du. Nun ist dein Arschloch Image für immer weg, da ich weiß, dass du der geborene Romantiker bist.«

»Wehe, du erzählst das weiter. Dann bin ich so gut wie kastriert.« Hero lacht lauthals. Dieses Herumschäkern mit ihm ist einfach herrlich. Wenn ich an unsere erste Begegnung zurückdenke, dann kann ich gar nicht glauben, dass es derselbe Mann ist.

Anfangs war er kalt und distanziert. Jetzt ist er kuschelig und einfühlsam. »Warte erst einmal ab, denn wir müssen es noch meinem Bruder erklären.« Ehrlich gesagt, fürchte ich mich etwas davor. Jason spielt gerne den Beschützer.

»Ich sehe die Faust bereits vor mir, welche mich treffen wird.« Hero sagt das so ernst, dass ich erschrocken hochfahre und ihn anblicke. »Meinst du, er wird dich schlagen?« Meine Stimme klingt nun sehr besorgt. Hero legt mir eine Hand auf die Wange und streicht sanft über meine Haut.

»Er hat es mir zumindest angedroht, sollte ich nicht die Finger von dir lassen können. Und wie man gerade sieht, kann ich das nicht.« Nur um die Worte zu unterstreichen und mich zu necken, lässt er seine Hand auf meinen Hintern wandern und kneift mich. Ein mädchenhaftes Kichern entweicht mir. »Aus diesem Grund wird mir seine Faust vielleicht ganz guttun, denn sie wird mich auch daran erinnern, dich niemals zu verletzen.«

Kann eigentlich ein Herz vor Liebe schmelzen?

»Du klingst gerade so schnulzig«, gestehe ich kichernd und schenke Hero einen leidenschaftlichen Kuss, welchen er mit der gleichen Intensität erwidert. »Jedoch gefällt mir das an dir. Mach weiter so und ich bin Wachs in deinen Händen.«

»Ich kenne eine weitere Art, wie du zu Wachs werden wirst«, verspricht er mir und wandert gleichzeitig tiefer nach unten. Sein Mund schickt mich in den siebten Himmel und auch danach komme ich so schnell nicht mehr von dieser Liebeswolke herunter.

28. KAPITEL

Saskia

Die Nacht setzt bereits ein, als wir uns auf den Weg zurück in die Wohnung machen. Hero und ich halten die ganze Fahrt über Händchen. Eine sehr angenehme Stille legt sich zwischen uns und jeder scheint in Gedanken versunken zu sein. Die letzten Stunden am See waren für uns beide etwas ganz Besonderes. Wir haben uns noch mehr angenähert, haben uns unserer Leidenschaft hingegeben und uns geliebt. Und das nicht nur einmal.

Außerdem war dieser Abend irgendwie der erste feste Baustein für eine Beziehung. Allein wenn ich dieses Wort schon denke, bekomme ich Hitzewallungen und würde am liebsten freudig aufschreien. Ich kann es nicht glauben, dass ich mich wirklich mit Hero in einer Beziehung befinde.

Ich war so strikt dagegen, dass ich gleich nach Aron wieder einen neuen Freund habe. Doch nun ist es doch passiert und es fühlt sich einfach richtig an. Es ist der richtige Zeitpunkt, sonst würde ich nicht so glücklich sein können.

Ich drücke Heros Hand und er blickt kurz zu mir herüber, bevor er sich wieder auf die Straße konzentriert. »Wir müssen zwei Sachen noch regeln. Gleich nachdem Jason wieder da ist, werden wir ihm von uns erzählen«, erkläre ich bestimmt. Mir ist wichtig, dass Jason über uns Bescheid weiß. Er ist mein Bruder und Heros Freund, er soll niemals zwischen uns stehen.

»Außerdem muss ich nun schnellstmöglich mit Aron reden und mit ihm persönlich abschließen.« Hero brummt Unverständliches vor sich hin, was mich nur die Augen verdrehen lässt. »Ich weiß, du hörst nicht sehr gerne seinen Namen. Glaub mir, ich spreche ihn auch nicht gerne aus, doch leider ist dieses Gespräch zwischen ihm und mir längst überfällig. Es muss sein. Vielleicht hören dann auch die merkwürdigen Geschenke auf. Ich bin ihm dieses Gespräch schuldig nach all den Jahren.« Auch wenn mir noch immer etwas flau im Magen wird, wenn ich an das letzte Bild von Aron denke.

Eine drückende Stille legt sich zwischen uns, welche mir schier den Atem raubt.

»Ich habe ihn damals in flagranti erwischt«, flüsternd kommen mir diese Worte über die Lippen. Hero lässt meine Hand so schnell los, dass ich fast glaube, er hat sich daran verbrannt. Eingeschüchtert über seine heftige Reaktion sitze ich da, schiebe die Handflächen zwischen meine Beine – als würde ich die Hände beschützen müssen – und senke gekränkt mit Tränen in den Augen, den Blick. Ich kann kaum noch atmen, so sehr drückt ein unsichtbarer Felsbrocken auf meinen Brustkorb.

Reagiert er wegen meiner Enthüllung so oder bin ich deswegen beschmutzt? Zumindest fühlt es sich gerade so an. Beschämt blicke ich auf meine Füße, welche nervös zu wippen beginnen. Mein Hals ist wie zugeschnürt und Tränen laufen leise über meine Wange.

Ich hätte nicht gedacht, dass er so abweisend reagiert, wenn ich ihm von dem Vorfall erzähle. Schließlich wusste er doch, dass so etwas passiert sein musste. Ich hatte ja schon einmal so eine Andeutung gemacht. Klar, ich habe damals nur gesagt, dass ich betrogen wurde, nicht, dass ich meinen Freund während des Geschlechtsverkehrs erwischt habe.

Ist das nicht noch schlimmer?

Die Stille wird immer unangenehmer und schnürt mir die Luft ab. Mein Puls rast und ich merke, wie sich mein Kreislauf verabschiedet. Bevor ich schreiend aus dem fahrenden Fahrzeug springe, muss etwas passieren. Irgendwann halte ich es nicht mehr aus und schiele ganz vorsichtig zu Hero hinüber.

Der sitzt kerzengerade auf dem Fahrersitz, starrt auf die Straße, als hätte diese etwas verbrochen. Seine Fingerknöchel sind ganz weiß, so fest umklammert er mit beiden Händen das Lenkrad. Erst jetzt kommt mir in den Sinn, dass er nur so reagiert, da er vor Wut kocht und nicht, weil er sich vor mir ekelt.

»Fahr bitte rechts ran«, krächze ich leise und wische meine Tränen weg. Hero hört auf mich und lenkt ohne Widerrede den Wagen auf den Seitenstreifen. Er schaltet die Warnblinker ein und wendet sich mir zu.

Seine Augen blicken mich eiskalt an, was mir sofort einen kalten Schauer über den Rücken schickt. Ich sage mir in Gedanken, dass dieser Blick nicht mir gilt, sondern, dass er wütend auf Aron ist und auf das, was er mir angetan hat. »Du bist wütend«, flüstere ich, hebe eine meiner zittrigen Hände und lege sie ihm auf die Wange.

Kurz bleibt mir das Herz stehen, da ich Angst habe, er könnte meiner Hand ausweichen. Jedoch ist das Gegenteil der Fall. Hero schmiegt seine Wange an meine Handinnenfläche. Er schließt dabei die Augen und atmet ein paar Mal hörbar aus und ein. »Wütend trifft es nicht einmal annähernd«, gesteht er unter zusammen gebissenen Zähnen. »Mordlust würde es eher treffen. Ich kann und ich will mir gar nicht vorstellen, was du in diesem einen Augenblick durchgemacht hast. Du hast gesehen …«, Hero bricht mitten im Satz ab.

Ich hole tief Luft und beende seine Worte: »Wie er eine andere in unserem Bett gefickt hat. Ja, genauso war es. Es hat mir das Herz gebrochen und mir den Boden unter den Füßen weggezogen. Ich dachte, mein Leben sei vorbei. Ich sei nichts mehr Wert. Deswegen konnte ich damals auch noch nicht mit dir schlafen, ich hatte einfach dieses Bild von ihm … Es war wie eingebrannt in meinem K-kopf …« Das letzte Wort kommt mir nur stockend über die Lippen.

Heiße Tränen laufen mir mittlerweile über das ganze Gesicht. Auch wenn dieser Verrat, dieser Betrug, noch immer sehr weh tut, so kann ich nun nach vorne blicken. Jetzt kann ich wieder die Liebe um mich sehen und in mir fühlen.

»Das ist das Allerletzte .... Er sollte dafür bestraft werden. Keiner Frau sollte man so etwas antun. Überhaupt dir. Du bist die liebenswerteste Person, die ich kenne, Saskia. Du bist einmalig, wie ein Diamant. Mein Goldstück. Mein Goldlöckchen.« Seine Worte dringen in mich und vertreiben sofort den Schmerz in mir. Sie erhellen die dunklen Stellen und lassen alles in mir strahlen. Dieses Gefühl dringt bis nach oben durch und lässt mich breit grinsen. »Dein Goldlöckchen?«, frage ich zaghaft.

»Meines. Nur meins.« Seine Worte unterstreicht er damit, dass er mit dem Daumen über meine Lippen fährt und diese dann mit einem Kuss verwöhnt. Ein

Kribbeln, das alle Zellen in mir zum Leben erweckt, wandert durch meinen Körper. »Du hast mich so sehr um den Finger gewickelt, dass ich es selbst kaum fassen kann.« Sein niedliches Geständnis bringt mich zum Kichern.

»Dann bring mich nach Hause und zeig mir, wie sehr ich dich in der Hand habe.«

»Das musst du mich nicht zweimal bitten.« Ich bekomme noch einen harten, festen Kuss, welcher mir mehr verspricht. Sekunden darauf legt Hero den Gang wieder ein und fährt den Wagen schnell und geschickt in unsere Straße.

Das Auto ist geparkt und zusammen gehen wir die Stufen bis zur Wohnung hinauf. Immer wieder bleiben wir nach wenigen Schritten stehen, um uns zu küssen und wie verrückte Teenager zu kichern. Hero wirkt neben mir so gelöst und gut gelaunt wie noch nie zuvor. Seine Laune springt regelrecht auf mich über und bringt mich nicht nur zum Strahlen, sondern sorgt für Schmetterlinge in meinem Bauch.

Dieses Verliebtsein ist wunderbar. Wie konnte ich das nur vergessen?

Hero will die Tür aufsperren, blickt dann jedoch fragend über seine Schulter. »Ich habe doch zweimal abgeschlossen, oder?«, fragt er mich. Er steht ohne jede Regung da, was mich hellhörig werden lässt. Ein komisches Gefühl bahnt sich einen Weg von meinem Bauch nach oben. Kurz überlege ich. Zwar war ich nicht dabei, als Hero die Tür abgeschlossen hat - schließlich holte er mich ab - doch er schließt normal immer zweimal ab. Ein Tick von ihm, wie er mir einmal erzählte.

»Du hast die Wohnung allein verlassen, aber ja, normalerweise machst du das immer.« Als Hero nickt und mir mit einem Zeichen zu verstehen gibt, dass ich von nun an ganz leise sein soll, wird mir etwas mulmig. Ich halte die Luft an und versuche auf sämtliche Geräusche zu achten, welche man gerade hört. Doch ich kann beim besten Willen nichts Auffälliges bemerken.

Ganz langsam und ohne ein Geräusch zu verursachen, schließt Hero die Tür auf. Aus einem Instinkt heraus lege ich mir selbst eine Hand auf den Mund, damit ich ja nicht aus Versehen losschreie.

Hero geht vor und schiebt mich hinter seinen Rücken. Ich merke, dass ihm lieber wäre, wenn ich draußen warten würde. Denn wer weiß, was in unserer Wohnung los ist, doch da hat er nicht mit mir gerechnet. Ganz sicher lasse ich ihn nicht allein hineingehen.

Wir schleichen durch den Flur geradewegs ins Wohnzimmer. Doch es sieht alles aus wie immer. Es brennt hier auch kein Licht, wodurch alles noch unheimlicher wirkt. Manchmal kann einem die Angst echt verrückte Streiche spielen.

Fast habe ich schon damit gerechnet Aron oder ein Geschenk von ihm vorzufinden. Doch ich bin erleichtert, dass dem nicht so ist.

Gerade als ich mich neben Hero stellen will, zuckt dieser zusammen und weicht einen großen Schritt nach hinten. Ich werde mit ihm mitgerissen, da er mich blitzartig an der Taille packt. Und dann kann ich es plötzlich sehen.

In Jasons Zimmer brennt Licht!

Heilige Scheiße!

Es ist jemand in unserer Wohnung. Und dieser jemand befindet sich in dem Zimmer meines Bruders, wo all meine Sachen drinnen sind. Galle kommt mir hoch und ich kann diese nur mit viel Mühe wieder hinunterwürgen. Ich beginne am gesamten Körper zu zittern.

Schützend verschränke ich die Arme vor der Brust. Hero legt einen Finger unter mein Kinn und fordert mich auf, ihn anzusehen. Dann deutet er auf seinen Mund und verlangt von mir ganz still zu sein, was durch das Zittern nun noch schwieriger geworden ist. Sekunden darauf huscht er – geräuschlos - so schnell er kann in sein Zimmer und holt einen

Baseballschläger hervor. Mein Mund klappt nach unten und ich will schon fast fragen, ob er nicht ganz bei Sinnen ist, als mich sein Blick trifft.

Dieser schreit nicht nur Ich-beschütze-diese-Frau-mit-meinem-Leben, sondern auch Gnade-jeder-Seele-welche-sich-hier-auch-befinden-mag. Sofort verstummt mein Einwand.

Ich weiche etwas zurück und gehe in Deckung. Hero stellt sich neben die Zimmertür, deutet mit seinen Fingern zuerst drei, dann zwei und bei eins reißt er in Sekundenschnelle die Tür auf und springt mit einem Gebrüll hinein. Vor Panik schließe ich meine Augen, ducke mich und lege schützend die Hände über den Kopf. Ich kann hören, wie etwas zu Bruch geht und dann ist es plötzlich wieder ganz still, bevor lautes Männergebrüll durch die Wohnung hallt. Leider kann ich kein Wort verstehen, da der Einbrecher mit Hero schreit und dieser brüllend antwortet.

Meine Angst ist zu groß, also lasse ich die Augen noch geschlossen.

Plötzlich geht ihm Wohnzimmer das Licht an. Das grelle Licht dringt durch meine Augenlider und ich versuche blinzelnd diese zu öffnen. Vielleicht braucht Hero Hilfe oder er ist verletzt.

Ich merke gerade gar nicht, wie still es nun im Raum ist, doch auf einmal werde ich von Händen gepackt. Laut kreische ich auf. »Sch... Ich bin es. Hero«, versucht mich dieser über meinen lauten Schrei hinweg zu beruhigen. Jetzt reiße ich die Augen auf und sehe wirklich in Heros Gesicht. Schnell scanne ich ihn von oben bis unten ab, nur um sicherzugehen, dass ihm nichts fehlt.

Als mir bewusst wird, dass er unverletzt ist, schlinge ich meine Hände um seinen Hals und ziehe ihn näher zu mir. Hero versteift sich zwar im ersten Moment, doch ich tue das als Abwehrfunktion auf meine rasche Umarmung ab. Bis ... ich ein lautes Räuspern hinter uns vernehme.

Meine Nackenhaare stellen sich auf und nun bin ich es, die sich in seinen Armen versteift. Ich löse mich von Hero, dieser stellt sich neben mich und jetzt kann ich den Übeltäter der Nacht erkennen.

Jason.

Meine Augen sind bestimmt größer als Tennisbälle, als ich zu meinem Bruder blicke. Dieser funkelt uns böse an und verschränkt die Arme vor der Brust.

Jason kann wirklich furchteinflößend wirken, wenn er es will.

Und das will er gerade. Ich kann es ihm ansehen.

»Darf ich fragen, was hier los ist?« Seine Stimme klingt merkwürdig, ich habe sie einfach zu lange nicht mehr in natura gehört. Ich räuspere mich ein paar Mal, bevor ich sprechen kann. »Was machst du schon hier?«

»Keine Gegenfragen, Saskia. Ich habe zuerst gefragt.« Der Ton seiner Stimme klingt gefährlich. Mir stellt es sämtliche Haare auf. »Hmpf ...«, grummelt er und verdreht dabei die Augen. »Na gut .... Das Seminar war früher zu Ende und so konnte ich heute schon nach Hause kommen, doch, siehe da - eine Überraschung! Niemand war hier, doch nun ...« Jason blickt zwischen mir und Hero hin und her.

Eigentlich wollte ich es ihm schonender beibringen, doch dieser Zug ist soeben abgefahren. Um meinen Standpunkt zu verdeutlichen, nehme ich Heros Hand und verschränke unsere Finger miteinander. Jasons Augen quellen fast aus den Augenhöhlen heraus und ich könnte schwören, dass er gerade wie ein bösartiger Bär knurrt. »Ä-ähm, wir ... i-ich, also ...«, jetzt da der Moment da ist, stammle ich wie ein Kleinkind herum.

Hab ich denn nicht die Eier in der Hose, um meinem Bruder zu sagen, dass ich mit seinem Mitbewohner und Freund zusammen bin?

»Ich liebe Saskia«, sagt Hero plötzlich neben mir.

Jetzt ist nicht nur mein Bruder geschockt.

Ich schnappe nach Luft und sehe Hero mit geweiteten Augen und offenen Mund an. Hero steht da und ich kann ihm seine Unsicherheit ansehen. Nervös wippt er mit den Füßen und fährt sich mit einer Hand durch die Haare.

Sekunden verstreichen, da ich einfach nur baff bin. Mit dieser Aussage habe ich niemals im Leben gerechnet. Zumindest nicht so früh.

Tief hole ich Luft, wende mich Hero ganz zu und umschlinge seinen Nacken. Fest blicke ich ihm dabei in den Augen. »Es ist verrückt... aber ... ich ... ich liebe dich auch.« Mir kommt das alles nur stotternd über die Lippen, denn die Schmetterlinge in meinem Bauch verursachen gerade eine mega Party, welche sich etwas auf meinen Magen schlägt.

Zischend lässt Hero den angehaltenen Atem entweichen. »Wir sind eben beide ziemlich crazy«, meint er neckend, haucht mir zuerst einen Kuss auf die Nasenspitze und erobert dann stürmisch meine Lippen.

Dabei vergessen wir komplett, dass wir nicht allein im Raum sind. Ein wütendes Räuspern lässt uns innehalten. Wir lösen uns voneinander und blicken in die aufgebrachten Augen meines Bruders.

»Sag mal, soll ich dir gleich die Fresse polieren oder warten wir bis meine kleine Schwester im Bett ist. In meinem Bett, da ich auf der Couch schlafen werde. Ganz sicher wird sie nicht bei dir übernachten!« Jason klingt echt sehr sauer.

Gerade will ich mich Jason zuwenden, als Hero im entgegentritt. »Ich weiß, dass du ein Problem damit hast, dass ich mit deiner Schwester zusammen bin. Du hast es mir damals bereits gesagt, dass das nichts ist. Jedoch muss ich mein Versprechen brechen, denn ich habe mich so sehr geirrt. Saskia hat meine Einstellung zu Frauen geändert und auch zu Beziehungen. Ich werde sie nicht verletzen, das schwöre ich dir.«

Jason prescht auf Hero zu und packt diesen am Kragen seines Shirts. Beide taumeln nach hinten und Hero kracht schmerzhaft mit dem Rücken gegen die Wand. Jedoch lässt er sich nichts anmerken. Fest erwidert er Jasons Blick und krallt sich nun ebenfalls dessen Shirt. »Schwöre nichts, was du nicht halten kannst«, knurrt Jason mit zusammengebissenen Zähnen. Hero gibt aber nicht auf, sondern drückt seine Nase gegen die von Jason. »Auge um Auge. Willst du das? Ich dachte, wir wären Freunde.«

»Das waren wir auch, bis du dein Versprechen mir gegenüber gebrochen hast und deine dreckigen Finger nicht von meiner Schwester lassen konntest!«

»Fine. Dann war´s das also?«, fragt Hero. Er wirkt gerade sehr perplex. Ich glaube, mit dieser Antwort hat er nicht gerechnet.

Jason nickt knapp, drückt Hero noch einmal fest gegen die Wand, bevor er ihn loslässt. »Macht doch was ihr wollt«, sagt er und blickt nun auch mich an. »Und wenn einer von euch beiden jemanden zum Ausheulen braucht, braucht ihr nicht zu mir kommen. Diese Schulter gibt es ab nun nicht mehr zum Ausweinen.« Stumm wie ein Fisch stehe ich da. Auch wenn seine Worte in meinen Kopf dringen, verstehen tu ich sie gerade nicht.

Es ist, als stünde ich neben mir. »Ich verschwinde.« Ist das Letzte was Jason noch zu uns sagt, bevor er aus der Wohnung stürmt. Als die Tür laut ins Schloss fällt, bricht meine Starre in sich zusammen. Blinzelnd stehe ich da.

Die Zahnrädchen in meinem Gehirn drehen sich auf Hochtouren, um das Geschehene zu verarbeiten. »Er ist einfach gegangen«, ist das Erste was ich in die Stille hinein sage. Hero sieht mich an, kommt zu mir und nimmt mich in den Arm. Genau das brauche ich jetzt.

Mein Körper schmiegt sich an ihn und ich kann regelrecht spüren, wie die Anspannung von meinen Schultern abfällt. »Jason ist ein Sturkopf. Mach dir keine Sorgen um ihn. Bestimmt geht er einfach ein paar Runden um den Block und kommt dann wieder.« Hero streicht mir beruhigend über den Rücken und endlich kann ich mich etwas entspannen. »Klar, ich kenne Jason. Er ist manchmal ein Hitzkopf. Geben wir ihm Zeit. Morgen versuche ich noch einmal mit ihm zu reden. Komm, lass uns ins Bett gehen, schließlich müssen wir in ein paar Stunden aufstehen und zur Arbeit.« Mir graut es jetzt schon, wenn ich nur daran denke.

»Geh du schon mal vor, ich hole mir noch schnell ein Glas Wasser.« Die ganze Aufregung hat meine Kehle ziemlich ausgetrocknet. Nicht nur Jasons Abgang liegt mir schwer im Magen, sondern auch das Liebesgeständnis von Hero. Wenn ich daran zurückdenke, bekomme ich sofort wieder ein Kribbeln im Bauch. Lächelnd schenke ich mir Wasser ein und trinke das Glas gierig aus. Ich drehe mich um und mein Blick fällt auf den Küchentisch.

Die verliebten Schmetterlinge erstarren und sterben anhand dieses Anblicks. Mit zitternden Knien gehe ich die wenigen

Schritte nach vorne. Meine Finger umfassen das Glas so fest, dass es eigentlich zerbrechen müsste.

Mit angehaltenem Atem stehe ich vor der roten Rose, welche hier am Tisch fehl am Platz wirkt. Meine Augen scannen die Rose ab und entdecken einen kleinen Zettel darin. Leider liegt dieser verkehrt herum, sodass ich ihn nicht lesen kann. Mit dem Zeigefinger berühre ich das Blatt, schiebe den Finger darunter und drehe es mit Schwung um.

Fein säuberlich und mit schwarzer Tinte geschrieben steht dort *I was born to make you happy*. Unter den Worten ist das Symbol für Unendlichkeit gezeichnet. Ein riesiger Schreck fährt durch meine Glieder. Meine Finger verkrampfen sich nun nicht mehr um das Glas, sondern lassen es fallen.

Scheppernd geht es zu Boden und die Glasscherben springen um meine Beine. In der gesamten Küche verteilen sich die Scherben.

Es dauert nicht lange, bis Hero in die Küche gerannt kommt. Fragend sieht er mich an. Es sieht aus, als ob er mit mir sprechen würde, jedoch kann ich kein Wort davon hören. Nur ein angsteinflößendes Rauschen herrscht in meinen Ohren.

Erst als Hero mich packt und mich von der Rose wegzieht, nehme ich seine Worte wahr. »Saskia? Goldlöckchen? Bitte, sag doch was! Sprich mit mir. Hast du dich verletzt?« Ich schüttle den Kopf. Hero scheint mit dem aber nicht zufrieden zu sein, denn er sucht meinen Körper nach Schnittverletzungen ab.

»Wie kam die hier her?«, fragt mich Hero. Er sieht den Küchentisch an, als wäre dieser Satan höchstpersönlich. Für mich fühlt es sich auch irgendwie so an.

»Ich weiß es nicht.« Meine Stimme ist nicht mehr als ein Flüstern.

»Fuck«, flucht Hero. »Vielleicht hat sie Jason vor der Tür gefunden.«

Kann schon sein, mein Bruder weiß nämlich nichts von meinem mittlerweile gestörten Exfreund. »Geh bitte schon mal ins Schlafzimmer, ich bringe dieses Unkraut gleich hinunter zum Müll.« Heros Vorschlag gefällt mir, weswegen ich ohne jedes Wort in sein Zimmer gehe und mich auf das Bett setze. An Schlaf ist nun nicht mehr zu denken.

Bevor Hero wieder zurück ist, schnappe ich mir mein Handy und beginne einen Text an Aron zu tippen.

Wir müssen DRINGEND reden. Wann hast du Zeit?

Auch wenn ich ein ungutes Gefühl habe, ich muss mich mit ihm von Angesicht zu Angesicht treffen. Vielleicht kapiert Aron dann endlich, dass endgültig Schluss ist. Das bin ich mir und Hero schuldig, denn so kann ich mit ihm keine Beziehung führen, wenn ich immer wieder Nachrichten und Blumen von meinem Exfreund bekomme.

Das Handy vibriert in meiner Hand und kündigt mir Arons Antwort an.

Wie wäre es mit morgen Abend?

Schnell tippe ich ein Okay, denn Hero ist bereits wieder in der Wohnung. Sekunden bevor er ins Schlafzimmer tritt, bekomme ich eine weitere Nachricht von Aron.

Hat dir die Rose gefallen?

Ein eiskalter Schauer läuft mir den Rücken hinab. Eine Antwort auf seine Frage bekommt er nicht mehr. Zur Sicherheit schalte ich mein Handy aus und lege es weg.

Hero kommt auf mich zu, setzt sich neben mich und zieht mich auf seinen Schoß. »Das Ende dieses Abends war ganz anders geplant.« Er haucht mir einen Kuss auf den Scheitel.

In dieser Nacht liegen wir noch enger umschlungen zusammen. Hero lässt mich nicht los, beschützt mich dadurch und ich lasse ihn ebenfalls nicht los, denn er ist mein Anker, der mich gerade über Wasser hält.

29. KAPITEL

Saskia

Dass ich heute wie gerädert bin, ist kein Wunder.

Die wenigen Stunden, die mir von der Nacht noch geblieben sind, habe ich zwar einigermaßen gut geschlafen, dennoch lag immer ein dunkler Schatten über mir. Dieses Mal konnte mich Heros Nähe und seine Umarmung nicht vor Aron schützen. Er geisterte ständig in meinem Unterbewusstsein herum. Auch die Anspannung auf das Gespräch hin, wird immer stärker. Mit jeder Stunde, die vergeht, werde ich hibbeliger und nervöser.

»Wollen wir heute Mittag zum Essen gehen?«, reißt mich Cayla aus meinen Gedanken. Ich kann mich auf keine einzige Sache konzentrieren. Es ist, als würde ich neben mir stehen oder mich unter Drogeneinfluss befinden.

Ich stütze die Hand auf den Tisch und lege den Kopf auf die Handfläche. »Nein, ich weiß nicht. Irgendwie habe ich keinen Hunger.« Cayla sieht mich erschrocken an. »Okay, Süße, Butter bei den Fischen. Was ist los? Hier stimmt etwas nicht. Ich kann es regelrecht riechen.« Um ihre Worte zu unterstreichen, zieht sie die Nase kraus und tut so, als ob sie die Luft wie ein Hund beschnüffeln würde. Das entlockt mir ein kleines Kichern und ein Seufzen zugleich.

Meine Freundin kennt mich eben gut. Seit ich im Büro bin, habe ich gemerkt, wie sie mich immer wieder mit Argusaugen beobachtet hat und jede meiner Gesichtszüge studierte. Sie weiß einfach wann mir eine Laus auf der Leber sitzt.

In dieser Situation kann ich nur aufgeben und ihr erzählen, was los ist. Cayla gibt sowieso nicht auf bis ich rede, also beginne ich vom gestrigen Abend zu erzählen. »Hero hat mich zu einem wundervollen Ort gebracht. Dort lag regelrecht Magie in der Luft«, schwärme ich und verspüre sofort wieder ein Kribbeln in meinem Bauch und zwischen meinen Beinen.

Etwas unruhig rutsche ich daher auf meinem Stuhl hin und her. »Oh mein Gott! Bitte sag mir, dass du ihn als Nachspeise vernascht hast«, schreit Cayla viel zu laut, sodass ich sie mit einem „Scht!" anfahre. Diese wiederum lacht wie ein gackerndes Huhn. »Oh, du bist so ein Glückspilz. Ich habe Hero gesehen und ich muss gestehen, wenn du ihn nicht bereits so um den Finger gewickelt hättest, hätte ich mich auf ihn gestürzt und ihn abgeleckt.« Ich verdrehe die Augen und lache. Ja, Cayla würde ich das auch zutrauen.

»Findest du, dass ich ihn um den Finger gewickelt habe?«, frage ich auf einmal bei

Cayla nach. Wenn ich jetzt so darüber nachdenken ... Hero hat sich in den letzten Wochen echt nicht nur mir gegenüber geändert, sondern seine komplette Art wurde angenehmer. Ich mag diesen Hero sehr. Und er mich auch, wie er mir gestanden hat. Verträumt denke ich an das Geständnis zurück und beginne augenblicklich dümmlich zu grinsen.

»Er frisst dir aus der Hand, das sieht doch ein Blinder. Allein wie er dich gestern angesehen hat. Da wurde sogar ich ganz feucht und habe zittrige Knie bekommen. Er konnte die Augen nicht von dir lassen und wie ich jetzt sehe, auch nicht seine Hände.« Cayla wackelt verrückt mit ihren Augenbrauen. Ich pruste los und halte mir den Bauch vor Lachen.

Nachdem mein Lachflash abgeklungen ist, sehe ich meine Freundin dankbar an. »Genau das habe ich gerade gebraucht«, sage ich leise zu ihr. Cayla nickt zufrieden und strahlt mich an. »Ich weiß, Süße.« Sie fasst über den Schreibtisch und nimmt meine Hand, drückt diese kurz. »Ich bin immer für dich da.« Jetzt könnte ich vor Glück heulen. Ein kleiner Schluchzer kommt mir über die Lippen und ich hauche ein *Dankeschön* zurück.

»Lass uns zu dem chinesischen Imbiss gehen. Ich habe Bock auf Nudeln mit Shrimps.« Hocherfreut, dass ich nun meine Meinung geändert habe, klatscht Cayla in die Hände.

»Prima, ich will dieses Ameisen-auf-einem-Baum-Dings, oder wie auch immer diese komischen Bezeichnungen heißen.«

Zufrieden und mit vollem Magen kommen wir ins Büro zurück. Kichernd öffnen wir dir Tür und gehen hinein. Cayla bleibt auf einmal völlig unvermittelt stehen und ich renne voll in sie hinein. Lachend halte ich mich an ihrer Schulter fest und will gerade fragen, was den los sei, als sie versucht mich aus dem Büro zu schieben.

»Sag mal, spinnst du? Sind dir die „Ameisen" nicht gut bekommen oder was ist los mit dir?« Ich versuche mich gegen Cayla zu schieben, doch diese drückt mich einfach noch fester nach hinten. Hier macht sich mein Verteidigungskurs bemerkbar. Ich warte den nächsten Schubser von ihr ab und bücke mich geschickt – Lou wäre stolz auf mich – zur Seite, husche gleichzeitig unter ihre Arme hindurch und bin nun vor ihr. Schnell drehe ich mich um, damit ich ins Büro sehen kann und erstarre zur Salzsäule.

»Fuck …«, keucht Cayla hinter mir. »Das trifft es nicht einmal annähernd«, erwidere ich und ein eiskaltes Schütteln erfasst mich.

Mein Blick wandert durch das Büro, über meinen Schreibtisch und wieder zurück. Ich kann nicht glauben, was ich dort sehe. Überall, wirklich überall, stehen rote Rosen. Es sind sogar Rosenblätter auf dem Boden verteilt. Der normalerweise liebliche Duft der Blumen steigt mir in die Nase und die Galle kommt mir hoch. Ich werde diesen Duft auf ewig hassen.

»War das …?«, fragt Cayla vorsichtig. Ich nicke stumm. Hero ist zwar lieb und so, aber das hier würde ich ihm dennoch nicht zutrauen. Es passt nicht zu ihm.

Das hier ist Arons Handschrift.

Als mein Blick dann auf den Boden hinter meinem Schreibtischstuhls fällt und ich dort mit weißen Rosenblättern das Wort *Forever* lesen kann, weiß ich, dass es Aron war. Meine Angst und die Panik sind nun wie weggeblasen, denn Wut und Zorn erfüllen mich. Ich balle die Hände zu Fäusten und zittere nun aus Wut am ganzen Körper. Cayla legt mir ihre Hände auf die Schulter, doch ich schüttle sie ab. Gerade kann ich keine Berührung ertragen.

»Jetzt reicht es mir endgültig!«, knurre ich. Ich fahre zu Cayla herum. »Sag bitte dem Chef, ich muss dringend weg.« Wie ein Wirbelsturm fege ich über die Blätter, schnappe mir meine Schlüssel und mache mich auf den Weg. »Was hast du vor?«

»Mir reicht es. Heute Abend wäre ich sowieso zu Aron gefahren, um mit ihm zu reden, warum also musste er das hier noch abziehen? Er ist verrückt und ich muss diesem nun ein Ende setzen.« Meine Stimme bebt vor angestautem Zorn.

»Bitte sag mir, dass du nicht ernsthaft vor hast, zu ihm zu fahren!« Cayla sieht mich geschockt an. Entschlossen bleibe ich an der Tür stehen. »Doch, das Gespräch war schon längst überfällig und diese Aktion zeigt mir, dass ich es nun hinter mich bringen muss. Aron muss kapieren, dass er keine Chance mehr bei mir hat und damit hat Hero nichts zu tun. Auch wenn ich mit ihm nicht eine neue Beziehung anfangen möchte, so könnte ich niemals mehr mit Aron leben. Er hat mich vor meinen Augen betrogen!« Ich brülle so laut, dass ein paar Kollegen aus den Nachbarbüros neugierig zu mir herübersehen. »Und genau das, werde ich ihm jetzt auch sagen. Er soll mich in Ruhe lassen.«

Mit diesen Worten stürme ich hinaus. Cayla ruft mir noch etwas hinterher, jedoch ignoriere ich dies. Jetzt kann mich keiner mehr aufhalten. Aron glaubt vermutlich, dass ich mich über diese Geschenke freue, doch er jagt mir Angst damit ein. Und mit dieser Angst will ich nicht länger leben. Er hat mein Leben zerstört, als ich ihn beim Sex mit der anderen erwischt habe. Jetzt, wo ich mir ein neues Leben ohne ihn aufbauen will, kann ich mir das nicht von ihm zerstören lassen. Dazu hat er kein Recht.

Ich schnappe mir ein Taxi und gebe dem Fahrer die Adresse meiner alten Wohnung. Während der Fahrt gehe ich im Kopf durch, was ich zu Aron sagen werde und wie ich es ihm verdeutlichen soll, dass er mich in Ruhe lässt.

Da mich Cayla ständig versucht am Handy zu erreichen und dieses deswegen ununterbrochen klingelt, schalte ich es aus und lasse es in meine Tasche gleiten.

Keiner soll mich von diesem Gespräch abhalten.

30. Kapitel

Saskia

Als das Taxi vor dem Wohnblock hält, bin ich nervös und kurz davor meinen Plan über den Haufen zu werfen. Ich bezahle den Taxifahrer und steige mit pochendem Herzen aus.

Das ungute Gefühl in meiner Magengegend wird mit jedem Schritt, den ich auf das Haus zumache, größer und intensiver. Doch ich versuche es zu verdrängen und schlucke den Kloß im Hals hinunter.

»Komm schon, Saskia. Du warst nun drei Jahre mit Aron zusammen, das schuldest du eurer gemeinsamen Zeit«, flüstere ich mir selbst zu, um mir Mut zu machen.

Vor der Haustür bleibe ich stehen und überlege, was ich nun tun soll. Einfach meinen Schlüssel aus der Tasche rausholen, aufsperren und hineingehen oder doch lieber klingeln. Schließlich wohne ich nicht mehr hier.

Ich entscheide mich für das Klingeln. So ganz unangemeldet will ich nicht in die Wohnung kommen, das lief beim letzten Mal auch nicht so gut und da habe ich aber noch darin gewohnt.

Der Lautsprecher an der Tür knackst und rauscht, bevor ich Arons Stimme höre. »Wer da?«, fragt er in einem Ton, welchen ich nicht von ihm kenne. Ich muss mich erst einmal räuspern, denn mir bleibt glatt mein Name im Halse stecken. »Ich bin es, Saskia. Kann ich hochkommen?« Vorhin war ich noch voller Wut und Stärke, nun bin ich ein Wrack aus Zweifeln und Ängsten.

»Saskia? Du bist schon hier? Das ist ja schön. Klar, komm hoch.« Der Summer ertönt und ich öffne schnell die Tür und gehe die Stufen nach oben. Mir fällt es schwer die Schritte zu gehen, ich habe wirklich Angst vor diesem Gespräch. Damit ich den Mut nicht ganz verliere, denke ich an Hero. Er gibt mir auch im Geiste Kraft. »Ich tu es nicht nur für ihn, sondern auch für mich«, spreche ich leise zu mir.

Als ich oben ankomme, lehnt Aron strahlend an der Wohnungstür. Schnell lasse ich den Blick über ihn gleiten. Er sieht gut aus, wie ich feststellen muss. Gepflegt wie immer und auf seine ganz eigene Art sexy. Früher bin ich bei diesem Anblick schwach geworden. Nun bekomme ich nicht einmal mehr das Flattern eines Schmetterlings in meinem Bauch zu spüren. Das Einzige was ich verspüre, ist Traurigkeit über das Ende unserer Zeit, beziehungsweise wie sie geendet ist.

»Ich freue mich so dich endlich wieder zu sehen«, begrüßt er mich. Aron kommt einen Schritt auf mich zu, will mich umarmen und mich auf die Wange küssen –

zumindest hoffe ich, dass seine Lippen auf die Wange zielen – doch ich weiche sofort zurück und hebe demonstrativ die Hand. Mit einem Kopfschütteln erkläre ich ihm: »Bitte nicht. Du weißt genau, dass es unpassend ist als Begrüßung, nach allem was passiert ist.«

Aron hebt beide Arme und weicht einige Schritte zurück. Er wirkt gekränkt und seine Mundwinkel sinken nach unten. »Tut mir leid. Macht der Gewohnheit schätze ich. Komm erst einmal mit hinein, dann können wir reden.« Aron hält mir die Tür auf und lässt mich als Erste durchgehen. Es ist merkwürdig nach so langer Zeit wieder in die Wohnung zu gehen.

Irgendwie hatte ich angenommen, dass nun alles anders aussehen wird. Tut es aber nicht. Noch jedes Möbel- oder Dekostück ist an seinem Platz. Auch die ganzen Dinge, die ich einmal gekauft und ins Regal gestellt habe. Ich habe diese Sachen nicht mitgenommen, als ich mit Jason hier war und ich werde sie auch danach nicht mitnehmen. Sie erinnern mich einfach an etwas, dass ich nicht will. Es soll alles neu werden in meinem Leben.

»Willst du etwas zum Trinken?«

Ich drehe mich um und stehe dadurch Aron genau gegenüber. Seine plötzliche Nähe erschrickt mich etwas und ich weiche zurück. »Ein Kaffee wäre gut.« Aron geht in die Küche und ich höre ihn mit dem Geschirr klimpern. Er überreicht mir den Kaffee in meiner Lieblingstasse. Sofort wird der Kloß im Hals wieder größer. »Genau so, wie du ihn magst.« Das *Danke* nuschle ich in die Tasse hinein.

Ich gehe zur Couch und setze mich. Aron folgt meinem Beispiel und lässt sich am anderen Ende nieder, worüber ich ihm sehr dankbar bin. Seine Nähe macht mich noch nervöser.

Kurz bevor eine unangenehme Stille zwischen uns entsteht, übernimmt Aron das Reden. »Du hattest eigentlich gesagt, dass du erst am Abend kommen würdest. Ich wollte für dich kochen … So früh habe ich nicht mit dir gerechnet.«

Er wollte uns was kochen? Etwas verwirrt mich an seiner Aussage und ich sehe ihn mit zusammengekniffenen Augen an. »Warum solltest du für mich kochen? Ich habe dir gesagt, ich komme, um endlich mit dir zu reden. Das heißt aber nicht, dass noch eine Chance besteht.« Endlich kommt mein Mund in Fahrt und auch mein Gehirn scheint wieder die richtigen Worte zu finden.

»Saskia, es tut mir alles so wahnsinnig leid. Ich war dumm. Niemals hätte das passieren dürfen …«, beginnt er wie ein Jammerlappen und ich unterbreche ihn wirsch. »Du hast recht. Ich hätte es niemals sehen sollen! Das wolltest du doch sagen, oder? Wie lange ging das schon mit dieser Tussi? Bestimmt nicht zum ersten Mal, denn so blöd ist keine Sau, dass man seinen One-Night-Stand, den ich nicht entdecken darf, mit nach Hause nimmt, wo du doch wusstest, dass ich am Abend bei Cayla schlafen wollte!« Aron streicht sich über die braunen Haare und schüttelt den Kopf. Dabei sieht er mich nicht an, starrt stattdessen auf den Boden, was mich noch wütender werden lässt.

»Sieh mich an, verdammt noch mal! Du hast mir das angetan! In dieser verfickten Nacht ist mein Herz gebrochen! Mein ganzes Leben war plötzlich sinnlos und weg. Doch nun bin ich froh über diese Entdeckung, denn ich konnte dein wahres Gesicht in der Nacht erkennen. Wer weiß, wie lange ich noch blind vor Liebe gewesen wäre. Eine Liebe, die niemals mehr sein wird.« Diese Worte lassen Aron ruckartig den Blick heben. Nun starrt er mich an, aber dieser Blick ist merkwürdig und lässt mich frösteln.

»Du liebst mich nicht mehr?«, flüstert er und wirkt dabei, als hätte ich ihm eben das Herz gebrochen. »Die ganzen Geschenke, die Wörter und Sätze, die ich dir geschrieben habe, dass alles war, weil ich dich liebe und mich entschuldigen will. Es tut mir so unendlich leid, ich war dumm. Einfach dumm, verstehst du das? Niemals würde ich es wieder tun, das schwöre ich dir! Ich liebe dich doch, Saskia! Bitte .... Ich kann nicht ...« Aron wirkt gerade sehr aufgebracht auf mich. Verstörend aufgebracht, was mich weiter nach hinten rutschen lässt. Umso länger ich ihn nun ansehe, umso größer wird mein Gefühl, hier auf der Stelle wegzumüssen.

Fest umklammere ich meine Handtasche. »Du bist aufgebracht und ich auch. Das Reden bringt deswegen gerade nichts und es wird meine Entscheidung auch nicht rückgängig machen. Es ist einfach aus zwischen uns, Aron. Es tut mir leid, ich liebe dich einfach nicht mehr. Ich werde jetzt wieder gehen, denke ich. Das ist das Beste für mich, du wirkst sehr ... Meine restlichen Sachen kannst du ja einfach in eine Kiste packen und Jason soll diese irgendwann abholen. Ein sorgfältiger Schlussstrich wird uns beiden guttun.« Aron ist sehr still, während ich rede.

Er erwidert auch nichts und macht keine Einwände, was wiederum merkwürdig ist. Da ich aber nicht länger hier sein möchte, stehe ich auf und will auf die Tür zugehen, als ich grob von hinten am Arm gepackt werde.

Ein Schrei kommt mir über die Lippen und sofort presse ich mir eine Hand auf den Mund. Aron wirbelt mich herum und sieht mich an. Sein Blick ist nun eiskalt und er wirkt, als wäre er ein anderer Mensch.

»Ich liebe dich, das kannst du nicht machen. Daran ist nur er schuld. *Er* hat dich einfach verhext, doch ich werde diesen Zauber wieder aus dir austreiben.« Verwirrt über seine Worte und mit steigender Panik im Nacken stehe ich da und erkenne Aron nicht mehr wieder.

»Was redest du da? Und warum weißt du von Hero?« Mir versagt fast meine Stimme und die Knie drohen einzuknicken. »Ich habe euch gesehen. Nicht nur einmal. Er belügt dich und wird dir niemals treu bleiben.« Das vorletzte Wort verpasst mir einen Stich im Herzen, welcher mich schier umhaut. Ich schnappe nach Luft.

»Das würde er niemals tun«, verteidige ich Hero, obwohl ich selbst eine Zeit lang nicht daran geglaubt habe. Doch Aron versucht hier etwas, er versucht mir meine größte Angst einzureden. »Eigentlich ist es egal, was er von jetzt an macht. Denn du bist hier. Bei mir.« Aron packt mich fester am Arm. Schmerzhaft schreie ich auf und will mich von ihm losmachen, doch er lässt nicht locker. »So wirst du mich niemals zurückbekommen. Lass mich los!« Ich versuche mich an die Griffe von Lou zu erinnern und diese umzusetzen, doch meine Panik hindert mich daran klar zu denken.

»Ich habe dich doch bereits zurück«, ist das Letzte, was ich höre, bevor mir Aron ein Tuch auf Mund und Nase drückt, und ich von dem Geruch darin ohnmächtig werde.

31. KAPITEL

Hero

Der Tag in der Arbeit war mehr als nur anstrengend.

Jason hat mich so gut es ging, ignoriert und nur das nötigste mit mir gesprochen. Klar, kann ich verstehen, dass er angepisst ist. Doch er soll sich nicht so kindisch aufführen! Immer wenn ich mit ihm sprechen wollte, hat er mir eiskalt das Wort abgewürgt und ist aus dem Raum gegangen.

Nun sitze ich allein in der Wohnung. Jason ist nicht heimgekommen, was mich vermuten lässt, dass er noch in einer Bar oder so ist.

Saskia ist auch noch nicht zurück. Ihr Handy ist aus, was mich sehr beunruhigt. Das macht sie normalerweise nie. Aus diesem Grund tigere ich bereits seit zwei Stunden nervös im Zimmer umher. Nicht einmal ein Film oder eine Serie im Fernseher kann mich von meinen Grübeleien ablenken.

Es ist zum Kotzen, wenn ich Saskia nicht am Handy erreichen kann. Mit jeder Minute werde ich unruhiger und rede mir die verschiedensten Sachen ein. Und das sind nicht nur gute Szenarien, welche mir im Kopf umherschwirren.

»Möglicherweise ist sie mit Jason unterwegs und redet mit ihm. Das würde auch das ausgeschaltete Handy erklären. Saskia will bei dem Gespräch nicht gestört werden, nehme ich an.« Die Gespräche mit mir selbst sollen mich beruhigen, bewirken aber das Gegenteil. Immer lauter schreit eine Stimme in mir, dass irgendetwas nicht stimmt.

Mit nervösem Finger scrolle ich meine Kontaktliste durch. Ich suche die Nummer von Saskias Freundin. Wie hieß sie noch gleich? Katja? Karin? Maya? Nein, Cayla! Genau, das ist ihr Name. Leider muss ich zu meinem Entsetzen feststellen, dass ich die Nummer von Cayla nicht habe. Mist. Ich hätte Saskia bitten sollen, dass sie mir auch die Nummern ihrer Freunde gibt. Für den Notfall versteht sich. Denn genau so einer ist gerade.

Fahrig fahre ich mir mit den Händen durch die Haare und blicke verloren zur Decke. Was soll ich nur tun? Die Polizei anrufen? Die würden mich sicher abwürgen und mir erklären, dass nach so kurzer Zeit noch keine Vermisstenanzeige aufgenommen werden kann.

Aber mein Bauchgefühl sagt mir, dass mit Saskia etwas ist.

Kurz bevor ich dabei bin den Verstand zu verlieren, höre ich, wie die Wohnungstür aufgesperrt wird. Wie ein Verrückter stürme ich in den Vorraum und muss zu meinem

Leidwesen feststellen, dass es nur Jason ist, der zurückkommt.

Ich stelle mich auf die Zehenspitzen und versuche über Jasons Schulter zu lugen. Vielleicht ist Saskia ja hinter ihm und ich kann sie nicht sehen. »Was hast du den vor?«, fährt mich Jason mit seiner miesen Laune an.

Gerade ist mir seine Wut schnurzegal und ich ignoriere seinen Ton. »Ist Saskia bei dir? Ich kann sie nicht erreichen und …«, bevor ich überhaupt zum Ausreden komme, erwischt mich mit voller Wucht Jasons Faust. Ich taumle nach hinten und kann mich gerade noch an der Wand abfangen, sonst hätte es mich glatt auf den Hintern gesetzt.

»So schnell ging das also, oder wie? Was hast du Wichser getan? Wenn du ihr wehgetan hast, dann kastriere ich dich nicht nur, sondern verscharr dich an einem Ort, an dem keine Menschenseele dich jemals finden würde!« Mit erhobenem Zeigefinger kommt Jason auf mich zu. Dieses Mal bin ich vorgewarnt, falls er noch einmal einen Schlag ausüben will. Der erste hat mich echt überrumpelt.

»So denkst du von mir? Bin ich so ein Arschloch, dass du sofort das Schlimmste von mir hältst? Fuck … Und ich dachte, wir wären Freunde!«, brülle ich ihn an. Dass er sofort davon ausgeht, dass ich die Beziehung zu seiner Schwester verkackt habe, tut echt weh. Ich wische mir mit dem Handrücken über die Lippen. Die komplette rechte Seite pocht wie wild, doch Blut kann ich auf meiner Hand nicht erkennen. Also werde ich in ein paar Stunden vermutlich ein schönes großes Veilchen haben.

»Hat es dir jetzt die Sprache verschlagen?«, frage ich Jason. Mir ist klar, dass ihn mein Ton provoziert, doch ich muss mir seine Anschuldigungen nicht gefallen lassen.

»Nein, nein, hat es nicht.« Jason sieht zu Boden und wirkt dabei beschämt. »Es war einfach nur mein erster Gedanke, als du sie hinter mir gesucht hast. Keine Ahnung, warum ich in dieser Hinsicht so schlecht über dich denke. Vermutlich, weil es um meine kleine Schwester geht. Ihr wurde bereits sehr wehgetan und ich will nicht, dass das so schnell wieder jemand mit ihr macht.« Natürlich klingen seine Worte logisch, dennoch kränkt es mich.

Das mit Saskia ist mir echt wichtig und ich nehme sie und unsere frische Beziehung sehr ernst. Als ich das Jason genau so sage, sieht er mich mit einem Nicken an und ein kleines schiefes Grinsen erscheint auf seinen Lippen. »Tut mir leid für die üblen Gedanken«, meint er schließlich versöhnlich. Jason kommt auf mich zu und klopft mir brüderlich auf die Schulter. »Jedoch das Veilchen nicht, es soll dich daran erinnern, was auf dich zukommt, falls du einmal Scheiße bauen solltest.« Wir lachen zusammen. »Friede?«, bietet er mir an und ich schlage in seine hingehaltene Hand ein. Männerfreundschaften sind in manchen Sachen einfach unkompliziert.

»Du hast sie also auch nicht gesehen?«, hake ich nun noch einmal nach. Jason geht mit mir ins Wohnzimmer und setzt sich auf die Couch. »Nein, ich war noch kurz auf einen Absacker in der Bar. Da war ich jedoch allein. Von Saskia habe ich seit gestern Abend nichts mehr gehört.«

»Das gefällt mir nicht.«

»Mir auch nicht. Hast du sie schon versucht zu erreichen?« Wie kann er mich nur so blöd fragen! »Fuck, ja! Ich bin doch nicht bescheuert. Ihr Handy ist aus und die Nummer von Saskias Freundin habe ich nicht. Du?« Jason zieht sein Mobiltelefon aus der Hosentasche und sucht ebenfalls in seinen Kontakten. Vergeblich.

Jetzt ist die Kacke echt am Dampfen.

»Ich probier's einfach auch mal bei ihr.« Schlaumeier, wenn es bei mir aus ist, ist es bei ihm auch aus. Genervt verdrehe ich die Augen und lasse Jason machen. »Mobilbox.«

»Ach was …« Ich werfe die Hände in die Luft. Es ist scheiße, wenn man sich so hilflos fühlt. »Sollen wir durch die Gegend fahren und vielleicht ihre Lieblingsplätze abklappern?«, schlage ich vor. Wenn ich noch länger hier so tatenlos herumsitze, drehe ich komplett durch.

»Ja, lass uns eine Runde fahren. Ich glaube, dass ich auch weiß, wo ihre Freundin wohnt. Dort fahren wir als Erstes hin. Vielleicht ist Saskia ja dort und wir machen uns ganz umsonst verrückt.« Umsonst, denke ich, ist das alles sicher nicht. Mein Gefühl sagt, hier ist was faul und darauf verlasse ich mich.

»Worauf warten wir noch! Wir haben keine Zeit zu verlieren. Ich fahre und du sagst mir den Weg«, stelle ich klar, schnappe mir meine Schlüssel und bin schneller aus der Wohnung geflitzt als der Blitz, der bei einem Unwetter zu Boden saust.

Minuten, welche sich anfühlen wie Stunden, brauchen wir, bis Jason sich erinnert, wo genau Caylas Wohnblock ist. Gemeinsam stürmen wir auf die Tür zu und klingeln Sturm. Cayla brüllt uns aus der Gegensprechanlage an. »Welcher Vollidiot steht da unten?«, knurrt sie.

Wenn es nicht so dringend wäre, würde ich vermutlich einen dummen Spruch reißen, jedoch ist mir nicht danach. »Hier sind Jason und Hero. Ist Saskia bei dir? Wir suchen sie«, sage ich viel zu schnell.

»Falls sie bei dir ist und mich nicht sehen will, dann ist eben nur Hero hier«, gibt Jason seinen Senf dazu, was völlig unnötig ist. So verlieren wir nur Zeit, bis Cayla uns antworten kann. Mit einem wütenden Blick sehe ich Jason an und dieser versteht. Stumm tritt er einen Schritt zurück und hebt entschuldigend die Hände.

»Saskia? Was, nein, die ist nicht bei mir. Wie kommt ihr darauf?«

»Wir suchen sie. Ich kann sie seit Stunden nicht am Handy erreichen und sie ist auch nach der Arbeit nicht nach Hause gekommen.« Mittlerweile klinge ich sehr weinerlich, doch das ist mir egal. Mein

Mädchen wird vermisst und ich stehe hilflos da.

»Was?!«, schreit Cayla plötzlich völlig aufgebracht. »Saskia ist nicht zurückgekommen? Verfluchte Scheiße, es muss was passiert sein.«

»Das sagt mir mein Bauchgefühl auch. Aber warte mal … was?!«, frage ich, werde aber von Cayla nicht gehört, da diese einfach weiterplappert. »Ich hatte schon von Anfang an kein gutes Gefühl, als sie ihr Handy währenddessen ausgeschaltet hat. Das war ein Fehler von ihr. Nein, mein Fehler …. Shit, ich hätte sie nach alledem nicht auch noch zu ihm fahren lassen sollen.« Ich spitze meine Ohren und frage nach. »Zu ihm? Meinst du ihren Exfreund?«

Mir wird kotzübel, wenn ich auch nur an diesen miesen Typen denke. Dieser kranke Kerl hat sie immer wieder mit komischen Geschenken überrascht. Allein diese Anzeichen hätten sämtliche Alarmglocken zum Schrillen bringen müssen.

»Ja, genau Aron. Er hat heute Mittag das gesamte Büro von uns in ein Rosenmeer verwandelt. Da ist Saskia dieses Mal komplett ausgeflippt und in ihrer Wut zu ihm gefahren. Sie wollte das Gespräch jetzt noch dringender durchziehen, da sie ja mit dir Hero neu anfangen möchte.« Jason blickt mich wütend an.

»Also irgendwie doch deine Schuld«, meint dieser Wichser. »Und was meinst du mit diesem Mal? Gab es sowas öfters?« Ich kann Jasons Blick regelrecht auf mir spüren. Er brennt sich wie Salzsäure in meine Haut.

»Für eine Erklärung ist jetzt keine Zeit. Wir müssen so schnell wie möglich zu ihr. Wer weiß, was dieser Kerl mit ihr anstellt!« Meine Hände ballen sich zu Fäusten und am liebsten würde ich gleich auf etwas einschlagen.

»Du hast recht. Zeit ist nun Gold wert, nachdem was ich gerade gehört habe. Danke, Cayla. Wir halten dich auf dem Laufenden und geben Bescheid, wenn wir Saskia gefunden haben«, sagt Jason noch schnell, denn ich laufe bereits zurück zum Auto.

»Ist es nicht besser, wenn ich fahre?« Jasons Frage lässt meine Nasenflügel beben. »Schon gut. Fahr zurück und dann nach rechts. Ich beschreibe dir den Weg und du versuchst bitte uns nicht umzubringen.« Der Motor meines Wagens heult auf und mit quietschenden Reifen jage ich durch Greenville.

»Da vorne! Das weiße Gebäude.« Ich halte den Wagen mitten auf der Straße, hechte hinaus und stürme wie ein Tornado auf das Haus zu. Meine Umgebung nehme ich nicht mehr wahr. Ich sehe nur noch rot.

Ohne Plan drücke ich alle Klingeln, welche sich neben der Tür befinden. »Dort oben ist die Wohnung«, meint Jason. Er steht nun bei mir und hält sich das Telefon ans Ohr. Ich frage ihn nicht, wen er gerade anruft, denn jemand macht die Tür auf und ich kann endlich losstürmen. So schnell meine Beine es können, laufe ich die Stufen hinauf.

Vor der besagten Wohnungstür bleibe ich stehen und lausche erst einmal, ob ich irgendwelche Geräusche von drinnen hören kann. Es könnte ja sein, dass die beiden sich lauthals streiten. Doch es ist still. Viel zu still für meinen Geschmack.

Mir kommt der Verdacht, dass, wenn ich klingle, mir dieser Dreckskerl nicht aufmachen würde. Deswegen gehe ich etwas zurück, sammle mich und bete, dass mein Plan funktioniert. Mir ist es egal, wenn Saskia da nicht drinnen ist und ich eine Strafe wegen Hausfriedensbruch bekomme. Denn ich will nicht mehr länger warten und ein starker Magnet zieht mich regelrecht hinein, was mein Bedürfnis in die Wohnung zukommen, nur noch verstärkt.

Mit einem gekonnten Kick trete ich die Tür ein. Krachend fällt diese aus den Angeln. Ich drücke das zersplitterte Holz zur Seite und marschiere wie ein Kriegsheer auf dem Schlachtfeld in die Wohnung hinein.

32. KAPITEL

Saskia

Langsam lichtet sich der Nebel in meinem Kopf.

Ich fange an, meine Gliedmaßen wieder zu spüren. Meine Augen kämpfen noch mit der Trägheit und versuchen blinzelnd die Augenlider zu öffnen. Das Licht, welches anfangs zu grell erscheint, lässt meine Augen tränen und alles um mich herum verschwimmt.

Es dauert lange, bis ich nicht nur klarsehen, sondern auch denken kann. Ohne einen Muskel in meinem Körper zu bewegen sehe ich mich um.

Zu meinem Schock muss ich feststellen, dass ich in dem alten Schlafzimmer von mir und Aron liege. Und plötzlich ist die Erinnerung, wie ein Schlag ins Gesicht, wieder da.

Meine Lunge beginnt panisch nach Luftzuschnappen und meine Nasenflügel blähen sich auf. Ich will den Mund öffnen, damit ich die Panikattacke weg atmen kann, doch es funktioniert nicht. Wie wild will ich um mich schlagen ... Was ebenfalls nicht geht.

Jetzt werde ich noch panischer. Die nackte Angst sitzt mir im Nacken. Ich möchte die Arme hochheben, doch es funktioniert nicht. Ich neige den Kopf etwas nach unten und dann sehe ich den Grund dafür...

Wie ein Spanferkel liege ich mit einem dicken Seil geknebelt auf dem Bett. Als ich versuche die Gesichtszüge zu bewegen, merke ich, dass etwas klebrig-festes in meinem Gesicht ist. Vermutlich ist ein dickes Klebeband über meinen Mund geklebt worden.

Tränen der Angst beginnen über meine Wangen zu laufen und durchnässen das Kopfkissen, auf welchem ich liege. Eigentlich sollte ich denken, wenigstens liegst du weich in einem Bett, doch diese Tatsache lässt mich erschaudern.

Was hat er nur mit mir auf dem großen Bett vor?

Die wildesten Bilder kommen in meinem Kopf vor und vergrößern nur die Panik. Wenigstens habe ich keine körperlichen Schmerzen und ich bin noch vollkommen angezogen, was mich etwas beruhigt. Denn so weiß ich, dass Aron mir noch nichts angetan hat. Doch wo ist er eigentlich?

Diese Frage kommt mir erst jetzt in den Sinn. Ich sehe mich im Zimmer um und versuche auch nach hinten zu blicken, was nicht einfach ist, da ich seitlich liege, die Arme vor meiner Brust verschnürt. Meine Beine liegen angewinkelt da und sind so stramm gefesselt, dass ich sie keinen Millimeter bewegen kann.

Wenn ich noch länger so liege, versteifen sich sämtliche Gliedmaßen und ich habe null Chance mich gegen ihn zu wehren, falls er einmal die Seile lockern sollte.

Ich hoffe dennoch sehr, dass Aron noch länger wegbleibt. Vielleicht kann ich das Seil allein lockern, damit ich mich zumindest etwas bewegen kann und dadurch eventuell eine Hand frei bekomme. Doch leider wird diese Hoffnung wie eine zerplatzte Seifenblase zerstört, als die Tür zum Schlafzimmer aufgeht und ich Arons Gestalt erkennen kann.

Meine Atmung setzt aus und mein Herz pumpt viel zu schnell und zu heftig, sodass man es sicher hören kann.

»Endlich bist du wach«, sagt er in einem liebevollen Ton, welcher mich fast zum Kotzen bringt. »Du hast viel zu lange geschlafen, das war so überhaupt nicht geplant.« Aron schiebt mich etwas nach hinten und ich keuche unter dem Klebeband.

Als er sich neben mich auf das Bett setzt, bekomme ich eine Gänsehaut und ein eiskalter Schauder läuft meinen Rücken hinunter. Jede seiner Bewegungen – sei diese auch noch so klein – lassen mich zusammenzucken.

Die Tränen im Gesicht werden immer mehr. Wie gerne würde ich ihn nun anbrüllen und fragen, warum er mir das antut? Doch ich kann nicht. Stumm wie ein Fisch, gefangen wie ein wildes, gefährliches Tier liege ich da und kann mich nicht zur Wehr setzen.

Aron hebt die linke Hand, legt mir diese auf die Wange und streicht mit einem Finger über mein Gesicht. Sanft schiebt er mir eine wirre Haarsträhne zurück. Für ihn mag diese Geste zärtlich wirken, ich komme mir vor, als würde er mir Salzsäure über die Haut gießen.

Warum kann ich nicht von ihm davonkommen? Ich will hier weg! Lass mich gehen!

In meinen Gedanken brülle ich wie eine Löwin.

»Du bist wunderschön, Saskia. Und du bist mein. Weißt du noch die Botschaft von mir?« Aron sieht mich erwartungsvoll an und scheint auf eine Antwort von mir zu warten. Wie soll ich denn antworten? Mein Mund ist zugeklebt und meine Muskeln starr vor Angst.

»Die Botschaft«, wiederholt er. Sein Ton wird grimmiger. »Antworte mir, verdammt noch mal!«, schreit er mich an und hebt seine Hand. Vor Angst schüttle ich einfach den Kopf, denn ich habe keine Ahnung, was ich sonst machen soll.

Als er endlich mein Kopfschütteln sieht, lässt er die Hand wieder sinken und beginnt erneut mich zu streicheln. Weinend schließe ich die Augen und versuche ihn und alles was gerade passiert auszublenden. »Until the end of time«, flüstert er ehrfürchtig.

»Bis zum Ende unserer Tage. So soll es sein und so wird es sein.«

Ich reagiere nicht auf seine Worte, sehe ihn auch nicht mehr an. Ich kann einfach nicht. Aron scheint das alles egal zu sein. Mein Wille ist ihm egal.

Mit der Hand streicht er zuerst über mein Haar, bevor er sich eine Haarsträhne um die Finger wickelt und plötzlich ruckartig meinen Kopf nach hinten reißt. Ich will schreien, brüllen ... mich wehren. Aber ich kann nichts tun. Panisch schnappe ich nach Luft, was nur mühselig funktioniert.

Der Laut im Hals wird von dem Klebeband erstickt. Tränen verschleiern meinen Blick und meine Lunge hört plötzlich zu atmen auf. Ich merke, wie alles um mich herum schwarz wird und begrüße die Dunkelheit, welche mich an einen anderen Ort bringen wird.

Ich drifte immer weiter und immer schneller weg. Doch bevor ich durch die Dunkelheit erlöst werde, bekomme ich durch Arons Fäuste heftige Schläge ins

Gesicht und in den Bauch verpasst. Jetzt begrüße ich die Ohnmacht umso mehr und lasse mich fallen.

Mein Wille ist erloschen.

Sekunden darauf bin ich erlöst von diesem Ort, tauche in eine andere Welt hinein, wo es keinen Schmerz mehr zu verspüren gibt.

33. Kapitel

Hero

Das Holz splittert und die Tür fällt aus den Angeln. Ich muss nur noch etwas fester dagegen drücken und schon bin ich so gut wie drinnen.

Gerade habe ich einen Tunnelblick. Ich nehme meine Umgebung kaum noch wahr, sehe mich nur nach Umrissen um, welche sich bewegen.

Jason ist hinter mir, ich spüre seine Gegenwart und weiß, dass ich mich auf ihn verlassen kann. Ich drücke mich durch den Türspalt und marschiere in die Wohnung. Es ist sehr still hier. Eigentlich hatte ich gehofft, dass ich Saskias Stimme höre. Ich dachte, sie würde sich bestimmt mit ihrem Exfreund lauthals streiten. Doch es ist mucksmäuschenstill. Man kann hier weder jemanden sprechen hören noch sonst ein anderes Geräusch vernehmen. Und genau das, lässt mich hellhörig werden. Ganz langsam gehe ich deshalb voran und blicke mich immer wieder um.

Jason ist hinter mir und es scheint, als ob ihm die Situation genauso wenig gefallen würde, wie mir. Ich drehe mich nur für eine Sekunde um, Jason gibt mir das Okay-Zeichen, bevor er seine Augen weit aufreißt und mich plötzlich warnt. »Hinter dir!«

Blitzschnell drehe ich mich um und ducke mich gleichzeitig, was mir vermutlich meinen Dickschädel rettet, denn als ich wieder auf die Beine komme, blickt mir Saskias Ex entgegen, welcher mit einem Baseballschläger auf mich losgeht. Dieser Scheißkerl hebt erneut den Schläger, schwingt ihn durch die Luft und will mir damit den Kopf zertrümmern. Gekonnt weiche ich zurück, spüre jedoch den

Luftzug des Schlages. Das war eben verdammt knapp.

Ich bin hier klar im Nachteil, was das Schlagen mit einer Waffe angeht, doch ich habe nicht umsonst jahrelanges Kickboxtraining hinter mir. Jedem seiner Schläge weiche ich aus, lasse diesen Mistkerl nicht aus den Augen. Jason steht mit einem Sicherheitsabstand hinter mir.

Ich muss versuchen den Typen abzulenken, damit Jason vorbeilaufen und die Wohnung nach Saskia absuchen kann. Als er zum nächsten Schlag ansetzt, bin ich bereit. Mit einem schnellen Kick trete ich ihm den Baseballschläger aus der Hand. Dieser geht scheppernd zu Boden und bevor er überhaupt merkt, wie ihm geschieht, presche ich auf ihn zu und ramme ihm meinen Ellbogen ins Gesicht. Das Schwein schreit auf und beugt sich vornüber. »Such Saskia!«, rufe ich Jason zu und bekomme meine kurze Unachtsamkeit sofort quittiert.

Seine Faust trifft meine Wange. Dieser Arsch hat den Schlag gut weggesteckt, auch wenn sein Gesicht nun blutverschmiert ist. Nachdem er mich getroffen hat, beginnt er wie ein Geisteskranker zu kichern. Ich sehe ihn an, neige meinen Kopf und ziehe fragend eine Augenbraue nach oben. Der spinnt doch echt total.

Um ihm endlich das Maul zu stopfen, verpasse ich ihm nicht nur mit der rechten Hand einen gezielten Schlag, sondern auch mit der Linken. Die beiden Treffer knocken ihn endlich aus. Er geht zu Boden und bleibt reglos liegen. Zu meiner eigenen Sicherheit suche ich schnell etwas, womit ich ihm die Hände fesseln kann. Leider ist nichts Brauchbares hier, weswegen ich kurzerhand einen meiner Schnürsenkel öffne und diesen dann als Handfessel benutze. »Hero! Scheiße, Mann ... Hero! Komm schnell ins Schlafzimmer!« Jason klingt außer sich, panisch. Mein Herz rast als ich mich auf die Suche nach dem

Schlafzimmer mache und es bleibt stehen, als ich es betrete.

Ich erblicke Saskia. Sie liegt auf dem Bett und es sieht aus, als ob sie tot wäre. Galle steigt meine Kehle empor und die Beine drohen einzuknicken. Mit allerletzter Kraft stehe ich noch aufrecht.

»Sie ist bewusstlos und …«, versucht mir Jason zu erklären, doch ich passe nicht mehr auf. In meinen Ohren beginnt es zu rauschen und ich kann den Blick nicht von ihrem leblosen Körper abwenden. Voller panischer Angst nähere ich mich dem Bett. Jason kniet neben seiner Schwester. Er weicht etwas zurück, damit ich Platz habe.

Als ich mich bei Saskia hinknie, kann ich meine Tränen nicht mehr zurückhalten. Saskia liegt da, noch immer gefesselt an Händen und Beinen. Ihr Gesicht ist aschfahl und auf ihren Wangen bilden sich die ersten großen Blutergüsse. Blut läuft ihr aus der Nase und ist zum Teil auf dem gesamten Gesicht verteilt.

Ich blicke zur Decke hoch und muss den Schrei zurückdrängen, welcher sich meine Kehle empor bohrt.

»Sie hat einen Puls, das habe ich bereits überprüft«, flüstert Jason neben mir. Er legt mir eine Hand auf die Schulter und als ich ihm ins Gesicht blicke, kann ich auch bei ihm Tränen entdecken. Jason drückt kurz meine Schulter und sagt mir, dass er bereits Notarzt und Polizei informiert hat. Beide müssten bald hier sein.

»Ich suche noch schnell eine Schere ...«, krächzt Jason. Ich nicke, denn antworten kann ich gerade nicht. Mein Blick wandert wieder zu Saskia zurück. »Ich hätte viel früher hier sein müssen ... Niemals hätte ich mein Bauchgefühl so lange verdrängen dürfen ...«, flüstere ich. Schluchzend lehne ich meine Stirn an ihre und hauche ihr einen zarten Kuss auf die Nasenspitze. Mit beiden Händen umschlinge ich ihre Finger und streiche sanft über die geschundene Haut.

Kurz ist es still um uns herum. Ich kann Saskias Atem kaum hören, so schwach ist sie bereits. »Gib dich nicht auf, Goldlöckchen. Gib uns nicht auf … Ich brauche dich doch …«

Mit lauten Schritten kündigen sich die Sanitäter an. Wirsch werde ich zur Seite geschoben, damit sie sofort mit der Erstversorgung beginnen können. Fast wäre ich bei deren Tonfall ausgetickt, doch Jason hält mich zurück. »Sie helfen ihr.«

Ich blicke ihm in die Augen. »Das weiß ich doch, aber ich kann sie nicht noch einmal allein lassen …« Schuldgefühle überhäufen mich, drohen mir, den Boden unter meinen Füßen wegzuziehen. Sie erdrücken mich und nehmen mir die Luft zum Atmen.

»Du bist nicht schuld, Hero.« Warum kann ich ihm das gerade nicht glauben? »Saskia braucht uns jetzt. Braucht dich. Du musst nun stark sein, damit sie es auch sein kann.«

Jason hat recht. Ich darf mir nicht einreden, ich sei an alledem schuld. Es bringt leider nichts mehr. Dieser kranke Kerl hat meinem Mädchen wehgetan und damit ihre Seele für immer beschädigt.

Diese Wunden werden Zeit brauchen bis sie verheilen. Und ich will es sein, der ihr dabei hilft wieder ganz zu werden.

Epilog

Acht Monate später…

Saskia

»So sehr ich mich auch freue, aber dieses Kistenschleppen ist echt nicht meins«, jammert Cayla vor sich hin. Sie stellt den Karton an der Tür lautkrachend ab und wischt sich mit dem Handrücken über die Stirn. Meine Antwort auf ihre Jammerei, ist ein Lachen. »Es ist anstrengend, doch das Ergebnis dafür umso besser.« Breit strahlend sehe ich meine Freundin an.

Monate zuvor wäre das alles noch undenkbar für mich gewesen.

Nachdem ich damals erst im Krankenhaus wieder zu mir gekommen bin, brauchte ich sehr lange, bis ich die Nähe anderer ertragen konnte. Da ich nach dem Krankenhausaufenthalt zwar körperlich wieder fast gesund war, einige blaue Flecken waren noch sichtbar, war ich psychisch an meinem Limit.

Die ersten Tage zuckte ich sogar bei Hero zusammen. Er durfte mich nur sehr sanft anfassen und sich ja nicht von hinten nähern. Das war mein größtes Problem. Diese quälende Situation machte ich eine Woche mit, dann entschloss ich mich freiwillig, in die mir empfohlene Therapie zu gehen.

Zwei Wochen wurde ich stationär behandelt. Führte dort viele und sehr lange Gespräche mit einer Therapeutin. Diese Gespräche waren für mich sehr gut und noch immer gehe ich jede Woche einmal zur Sitzung. Ich will auf keinen Fall den Erfolg der Therapie gefährden.

Nach diesen zwei Wochen wurde ich wieder entlassen und fühlte mich in meinem Körper endlich wieder wohler. Hero durfte mich bei der Abholung zum ersten Mal wieder kräftig umarmen, dabei kamen uns beide Tränen des Glücks.

Diese Zeit ist auch an Hero nicht spurlos vorbeigegangen. Er hatte ebenfalls ein paar Stunden bei einer Therapie verbracht, da er sich Vorwürfe machte und Angst hatte, er könnte mich mit irgendetwas triggern.

Das alles war verdammt schwer.

Für ihn.

Für mich.

Für uns.

Aber ich kann voller Stolz behaupten, dass wir es geschafft haben. Zusammen. Und das alles hat uns nur noch enger verbunden.

»Wie lange brauchen die beiden eigentlich?«, fragt Cayla und ich zucke nur mit der Schulter. Sie wollen den restlichen Müll aus dem Loft abholen und entsorgen. Danach sollten sie eigentlich zu uns stoßen und uns helfen die Kisten nach unten zu tragen. Es kann sich also nur noch um Stunden handeln. Du kennst die beiden.« Ich muss mir ein Grinsen verkneifen. So sehr mein Bruder anfangs gegen diese Beziehung war, so sehr liebt er es nun.

Nein, wirklich. Genauso ist es. Wir sind ein super Gespann zu dritt und bald sind wir auch noch zu viert.

Das wird der Brüller!

»Bitte sag mir, dass du nicht so viel Krimskrams in deiner Wohnung hast. Sonst werden wir heute niemals fertig.«

»Habe ich nicht, keine Angst. Die Möbel bleiben alle dort, außer das Bett. Alles andere ist nicht so viel und schwer. Am meisten haben eigentlich die Jungs hier.« Damit hat Cayla recht.

»Bist du sicher, dass du überhaupt nichts aus deiner alten Wohnung willst?« Allein diese Frage verursacht mir eine üble Gänsehaut. Ich fröstle innerlich und reibe mir daher über die Oberarme. Cayla sieht mich entschuldigt an, ich winke jedoch ab.

Ich soll ja ganz normal darüber reden, sagt meine Therapeutin. »Ich will nichts von dort haben. Jason hat mit Hero alles was mir gehörte, ausgeräumt und in den Müll beziehungsweise die Kleidung in den Altkleidersack geworfen. Mein Leben hat dort geendet und ich will nicht ständig daran erinnert werden. Hier und jetzt beginnt mein neues Leben. Ich will nichts Altes mit mir rumschleppen.«

»Aber Hero darf schon bleiben, oder?« Cayla sieht mich schelmisch grinsend an und ich pruste los vor Lachen. »Ja, der darf bleiben«, sage ich und gackere dabei wie ein Huhn.

Cayla kommt zu mir, umarmt mich kurz und haucht mir einen Kuss auf die Wange. »Du bist die tapferste und beste Freundin, die ich mir nur wünschen könnte.« Ihre Worte rühren mich fast zu Tränen. Mehr als ein *Danke* bekomme ich gerade nicht hin, denn in meinem Hals steckt ein Kloß.

»Ladys! Die Packesel sind hier«, ruft mein Bruder in die Wohnung hinein und zerstört unseren Mädchenmoment. Schnell wische ich mir die Tränen aus dem Augenwinkel und drehe mich lächelnd zu meinen Männern um.

»Das wurde auch Zeit, Caylas Wohnung wartet auch noch auf uns.« Hero verdreht die Augen und Jason verzieht angewidert das Gesicht.

»Warum noch mal, machen wir das alles allein?«, fragt Jason gequält in die Runde. »Damit wir Geld sparen und uns dafür unser neues Reich, als WG, schöner machen können«, erkläre ich grinsend. Es war schließlich nicht unsere Idee, sondern die von Jason, der jetzt am meisten jammert. »Ah ja, genau ... Schöner Mist. Dann hilft alles nichts. Hero, lass die Finger von meiner Schwester und pack mit an. Ich will heute noch fertig werden«, schafft mein Bruder an. Hero ignoriert ihn jedoch, nimmt mich in den Arm und küsst mich innig.

»Wärst du böse, wenn ich ihn nachher, während der Fahrt, aus Versehen aus dem Kleintransporter schmeißen würde?«, flüstert mir Hero im Schalk ins Ohr. Ich kichere und Jason mault vom anderen Ende des Zimmers: »Ich habe dich genau verstanden, Arschgesicht!«

»Oh, wie sehr ich diese Spielchen liebe«, mischt sich Cayla ein. »Ich verpasse ihm den Tritt, wenn du willst Hero.« Mit einem Daumen hoch sagt Hero zu. Cayla kichert wie blöd und Jason grummelt vor sich hin. Das alles lässt mein Herz höherschlagen, und ich bin froh und dankbar für diese Menschen in meiner Nähe.

Unsere Wohngemeinschaft wird etwas ganz Besonderes. Das Loft wird unser neues schönes Zuhause werden, wo vier verrückt-fröhliche Menschen zusammenleben.

Wir werden dort gemeinsam lachen, weinen, scherzen und sicherlich auch zicken. Aber ich freue mich auf diese aufregende Zeit.

Außerdem werde ich mit Hero in den größten Wohnbereich ziehen. Wir haben dort nicht nur ein großes Schlafzimmer, sondern auch ein eigenes Wohnzimmer, damit wir mal ungestört sein können.

Eine aufregende neue Zeit erwartet mich also, mit einem Freund, der alles für mich tun würde, einem Bruder, der genauso auf mich aufpasst und mit der besten Freundin, die immer für mich da ist.

Ich bin bereit dafür und werde jede Sekunde dieses neuen Lebens genießen und lieben.

»Es kann losgehen«, flüstere ich an Heros Lippen, bevor er mich voller Liebe küsst.

»Sicher, dass du dieses verrückte Chaos jeden Tag haben willst?«

Ich nicke. »Ganz sicher. Ich liebe dich, Hero, bis zum Mond und wieder zurück.«

»Ich liebe dich, Saskia, bis zum Ende der Tage und noch tausendmal länger.«

VORSTELLUNG DER AUTORIN

Jessica Raven wurde im März 1987 in Österreich geboren. Dort lebt sie glücklich mit ihrem Mann und den gemeinsamen Kindern in einem kleinen ruhigen Dorf.
Seit ihrer Kindheit ist sie eine begeisterte Leseratte. Auch eine kleine Tagträumerin steckt in ihr, und diese Geschichten, die ihr immerzu im Kopf umhergeistern, schreibt sie nun auf. Mit ihrer ›Holiday Kiss-Reihe‹ hat sie mitten in die Herzen der Leser getroffen.

WEITERE BÜCHER DER AUTORIN

Liebesromane:

Love goes around – Reihe:
Delena & Matthew
Stella & Brian
Grace & Nicolas
Meadow & Travis
Nella & John
Sammelband Love goes around

Holiday Kiss – Reihe:

Last Minute Love
Moonlight Love
Christmas Love
Sammelband Holiday Kiss

First Time, First Love (Teil1)
Second Time, First Love (Teil2)

Einzel Romane:

Private Emotions
The Forbidden Dance
Prince of my Heart
Weekend of love

Not you - Dich will ich. Dich will ich nicht.

Fantasy:

Zauber der Dunkelheit
Draconis – Krieger der Lüfte

ZAUBER DER DUNKELHEIT

Ein mittelalterlicher Hexenmarkt lockt nicht nur die neugierigen Bewohner der unschuldigen Vorstadt Roseline auf die Straßen, sondern auch die ungläubige Sinita, die mit Magie eigentlich überhaupt nichts am Hut hat.

Tränke, Zauberbücher, Amulette und Vorhersagen - all das wird ihr von diesen seltsamen Leuten angeboten. Nur die düstere Gestalt hinter den Bäumen scheint nicht Teil des Jahrmarktes zu sein, denn als Sinita sich von seinem Blick fesseln lässt und die Hexe nach ihm fragt, trifft sie

dadurch bei der wunderlichen Zaubersippschaft einen Nerv.
Böse Blicke und wüste Beschimpfungen vertreiben sie schließlich vom Markt, doch eines bleibt ihr dabei im Ohr. Die dunklen Worte der gruseligen Hexe.
Eine Prophezeiung über Sinitas Leben… bei der es ihr die Haare im Nacken aufstellt.

DRACONIS
KRIEGER DER LÜFTE

Als Sedy zum ersten Mal mit Magie und deren Wesen in Berührung kommt, wünscht sie sich nichts sehnlicher als eine Beziehung mit Damien, dem Vampirkönig. Dieser bittet sie nun in sein Schloss und mit "Fledermauskribbeln im Bauch" folgt sie seiner Einladung.
Das erhoffte Liebeswochenende beginnt jedoch mit hinterlistigen Machenschaften seiner Untertanen und endet mit Sedys Entführung durch Tyke, dem Herrscher von Draconis, der auf diese Weise eine offene Rechnung mit dem Vampirkönig begleichen will.

Womit aber weder Tyke noch der Vampir gerechnet haben, sind Sedys Gefühle, die sich nach und nach in eine ganz andere Richtung entwickeln. Und bald ist sich auch Tyke nicht mehr sicher, ob er sie nur aus Rache oder reiner Selbstsucht gefangen hält...

Printed in Poland
by Amazon Fulfillment
Poland Sp. z o.o., Wrocław

57063943R00235